Re:Re:Re:Re:ホラー小説のプロット案

「これらの記録は一部事実と異なる箇所がございます」

◆ニュース

［千葉・変死体　両親殺害容疑で長男逮捕］
２０２０年11月10日　14時57分

今月５日、千葉県松戸《まつど》市の住宅で、男女２人が顔から血を流して倒れているのが見つかり、その場で死亡が確認されました。

２人はこの家に住む絹澤明彦《きぬざわあきひこ》さん（51）と、その妻の絹澤弘子《ひろこ》さん（48）と見られ、警察は遺体の状況から、殺人事件として捜査しておりました。

翌６日、同市内の公共施設内にて、不審な男性が暴れているという１１０番通報があり、駆けつけた警察官らが男性に事情を尋ねたところ、男性が絹澤明彦さん・弘子さんと同居する２人の長男で、行方がわからなくなっていた絹澤匠《たくみ》容疑者（20）であることが確認されました。

当時、容疑者は袋に包まれた遺体の一部と見られるものを所持しており、説明を求めた警察官らに対して、絹澤明彦さん・弘子さんの殺害に関与を仄《ほの》めかしたことから、その場で身柄を確保され、その後に正式に殺人容疑で逮捕されました。

捜査関係者によりますと、容疑者は「殺す以外の方法を思いつかなかった」とした上で「両親には悪いことをした」などと供述しているということです。

また、その後の調べで、容疑者は以前より幻覚症状に悩まされており、それに理解を示さない両親に恨みがあるといった内容を、ＳＮＳにて複数回にわたり投稿していたことが、新たにわかりました。

警察は事件にいたるいきさつを調べています。

NEWS
速報
千葉県松戸市
住宅にて40代夫婦の遺体
親族（5日夜）
（夫婦と）会う約束があって訪れたところ
床に血痕を見つけた

◆　はじめに

まずは先んじてお礼を。

本作を手にとっていただき、誠にありがとうございます。

本作は二〇二二年九月末から二〇二三年四月までの約半年間、私の身の回りで起こった不可解な一連の出来事を、可能な限り当時のままの形で記録した文章群です。

中には権利者に許諾されなかった内容や、そもそも性質上許諾を得られるはずがない内容もあり、そこに関してはある程度のフェイクやぼかしを入れることで対応しております。結果、不明瞭《ふめいりよう》になってしまった部分もありますが、何卒《なにとぞ》ご容赦ください。

今回の出来事を記録に残すにあたって、私はずっと悩んでおりました。

どのような形式でお伝えしていくのが、一番良いのか。

概要を把握してもらうだけならば、何もかも時系列に沿って整理して説明していくなり、もしくは幾つかの個別の事件にまとめて解説していく方が、きっと簡単ではあるのです。

しかし私は、たとえ遠回りになったとしても「私が知った・経験した」順番でお伝えしていくことにしました。そうすることでこそ、これらの記録の内容を正しく理解していただける可能性が最も高くなるはずだと、そう思ったからです。

野暮な始まりとなり大変恐縮ですが、まずは私のことを紹介させてください。

私はいわゆる、古いタイプの作家志望者《ワナビー》でした。

創作活動を始めたのは、古くからの親友の影響です。

カクヨムを始めとする小説投稿サイトを活用せず、独り黙々と仕上げた作品を締め切りの近い公募や文芸賞に送りつけて、その度に落選となっては陰々滅々となる――そんなことを繰り返し、特に何を成すことも出来ないままに大人になりました。

それが、数年前、とあるレーベルの編集者に拾い上げをしてもらえたのです。

本当に幸運なことでした。紆余《うよ》曲折がありつつも、デビューすることだけは叶《かな》ったのです。

出版不況という言葉も擦り切れるほど使い古された昨今、私のように小説投稿サイトを経由せずに編集者から声掛けされる人間も、段々と珍しくなってきているのだとか。


ただ、喜びはほんのつかの間でした。昔と違って大きな賞を受賞した作品ですら売上が伸び悩むこともあるこの時代に、認知度も何もないそれこそ筋金入りの無名の人間の作品がどれだけ売れたのかというと……やはり、なかなかの苦戦だったようです。

『作家はなることより、あり続けることの方が難しい』

これは、ある大御所の作家先生の金言です。

どれだけ当人が魂を削って凄《すさ》まじいものを作り上げたという自負があっても、そこにある程度の注目や人気がついてこなかったのであれば、物事は立ち行きません。

それが出来なければ、驚くほど簡単に見放されて捨てられます。

作家業の世界では、それがごく当たり前のことなのです。

つまるところ、デビュー作が不発の弱小無名新人たる私が、その時どういう立ち位置にいたかと言うと――崖《がけ》っぷちどころか、ほぼ崖から落ちかけている状態でした。

首の皮一枚でかろうじて繋《つな》ぎ止めているのは、私を拾い上げた編集者の「なんだかんだコイツは無理難題を与えてもこなしてきたしな」という儚《はかな》い同情、そして「まあ宝くじ並みの確率とはいえ次作は当たるかもしれないし」という淡い期待程度のもの。


もちろん、そんな程度の作家業で食べていけるわけがなく、誇りもへったくれもなく、別名義で興味のないジャンルの薄っぺらな記事を依頼された分だけ量産することもしましたし、書くことと全く無関係な肉体労働なども続けざるを得ませんでした（そして悲しいことに、稼ぎとしてはそれが一番安定した収入です）。

夢を叶えたつもりが、行き着いた先はシビアで地続きの現実です。

それでも私は、こうしてお話じみた文章を紡いでいくことが好きで、生活に支障が無い限り作家業を続け、いつか高みに至れたら――というのが、私の嘘偽りのない行動原理でした。

そのため、まずは「弱小」という不本意なことこの上ない枕詞《まくらことば》を捨て去ろうと、デビュー作の出版からそう間を空けずに新作の構想を開始しました。

今度こそ凄まじい作品を世に放たなければならない。

さもなくば、きっと私は雑に見放されて捨てられる。


そんな予感が的中していることを暗に匂わすかのように、編集者は次作も付き合うと口では言いつつも、以前ほどのやる気や熱量を見せなくなっていました。

私は内心焦りながら「こういう話はどうか」「ああいう話はどうか」と編集者に提案するも、物語を作るにあたっての最序盤の案出し段階からGOサインがなかなか出ません。

本文どころかプロット（＝物語を作るにあたっての骨格となる説明書のようなもの）の作成さえままならず、やきもきしていたのが二〇二二年十月に入ろうとしていた頃です。

衝撃的で、リアリティがあって、興味を惹《ひ》かれて、編集者も思わずGOサインを出したくなるようなアイデアに繫がる――そんな素晴らしいネタがないか。

私は血眼になって、ネット上のあらゆるサイトを徘徊《はいかい》し続けました。あまりにそれに没頭しすぎたせいか、やがて不眠症や飛蚊症《ひぶんしょう》にも悩まされるようになっていました。

やはりあの頃の私は、ちょっとおかしくなっていたのだと思います。


そして、転機が訪れました。

私が目を通していた、どことなくオカルトの匂いがするいくつかの記事や投稿。

それらには、どこか奇妙な共通点がある――私はそう感じ始めたのです。

「思い出さなきゃよかったよ」

　僕は当時、いわゆる堕落しきった「腐れ大学生」だったんです。

　やることといったら大体お決まりで。授業そっちのけでサークル棟に入り浸ってヒマな奴らと中身のない話題でげらげら笑ったり、アホみたいな量のタバコの煙でぼやけた部屋で朝から晩まで麻雀《マージャン》に勤《いそ》しんだり、毎日のように安居酒屋の安い酒を飲んで騒いで「吐いてからが本番」とか訳の分からないことを本気で語っていました。

　いやあ、ひどいものでした。本当に。

　そんな向上心とは無縁の馬鹿を二年になっても三年になっても続けたものですから、気がつけば自然と僕は、僕と同じくらいか、それ以上の腐れ大学生だったAとBって二人とばっかり仲良くするようになっていきました。

　僕とBはただ怠惰で腐れていたのですが、Aはちょっと違うタイプで。

　なんというか、とにかく面白い奴なのです。ちょっと出かければ必ず笑えるトラブルに出くわす上に、しかも言うこともやることもかなりハチャメチャなんです。もしもAが本気で自伝を書くだとか、エッセイスト？　みたいなのを目指していたら、きっと絶対売れただろって思わせる、とにかくドラマチックな星の下に生まれついたような奴だったんです。

その日もいつものように、酒とつまみを買い込んで、三人でよくたむろしていたBのボロアパートでいっしょに何か対戦系のゲームをしていたんだったかな。

夜が更ける頃、疲れと眠気と若さ故に発散しきれない体力が入り混じって変なテンションになっていく中、やがてAは「小さい頃に怖かったもの」を語っていこうって言い始めたのです。僕は確かキッチンタイマーのアラーム音が苦手だったと話して、Bはアニメで味方キャラが敵に吸収されるシーンで大泣きした、なんて話をしたかと思います。

それで、言い出しっぺのAの番。

「最近まですっかり忘れてたことなんだけどさ――アライちゃん、っていう、ガキの頃の友達。その子が怖かったんだ」Aはおずおずと語り始めました。

Aは幼稚園から小学校低学年の間、親の仕事の都合で頻繁に引っ越しをしなくてはならなかったそうです。どれだけ友達が出来ても一年も経たずに別れてしまうのですから、友達を作ろうとすることも嫌になり、独りで遊んでばかりいたのだとか。

それが、千葉県の西の方に引っ越した際に「アライちゃん」という女の子と知り合ったらしいんです。Aはそのアライちゃんとどういう関係だったのか、どんな性格だったのかさえも思い出せないそうですが、笑顔が印象的な子だったはず、だそうです。

幼いAは彼女と妙に馬が合い、すぐに仲良くなりました。

毎日のように遊んでいたそうで、楽しくて楽しくて仕方がない時間だったみたいです。

ある意味初恋だったのかもしれない――なんて茶化したくなる台詞《せりふ》とは裏腹に、Aは何故か暗いというか、苦虫を噛《か》み潰《つぶ》したような表情でした。

やがて再び引っ越しをするタイミングが来てしまったAは、アライちゃんにその旨を告げて、大人になったらまた会おうね、みたいなことを言ったところ。

アライちゃんは突然激高し、図工で使う彫刻刀を振り回してきたそうです。訳分からないですよね。その時のAも、恐怖と戸惑いでひどく混乱したみたいで。

しかしそれも手のひらを切りつけられ、血がどくどくと溢《あふ》れてきたあたりで我に返り、殺されると怯《おび》えて転げるように逃げ帰って。そのままアライちゃんと会うことも話すこともないまま次のところへ引っ越して――。

そう言って、Aは話を一区切りつけました。

ほろ酔いの彼が僕たちに見せてきた左手には、その時に負ったと思《おぼ》しき、人差し指の付け根から手首にわたる一直線の傷痕《きずあと》が薄《う》っすらと残っていました。手相もわずかに歪《ゆが》んでいたことから、かなりざっくりとやられたことが見て取れます。

「うわ、なにそれ、ヤバいやつだったってこと？」Bが言いました。

「いやいやいや、だとしても、いくらなんでも急に殺意が強すぎでしょ。忘れてるだけで何かその前段階があって、すっげえ怒らせるようなことしたんじゃないの？」と僕。

Aは傷痕を指先でなぞるようにしながら、こう語ります。

「けどよ、一度も喧嘩《けんか》したことないくらい超仲良かったはずなんだよ。本当にその最後の瞬間までは。なんでそうなったのか――それが思い出せなくて、妙に気になるんだよなあ」

その時は、それで話は終わったのです。

ですがそれから、Aはぼーっとする時間が増えました。最初は僕とBは「Aのやつ、女っ気が無さすぎて初恋の想い出に囚《とら》われたな」と笑っていましたが、Aは本気でアライちゃんのことを思い出すことに専念しているようで。さすがにうんざりした僕らは、

「そこまで気になるなら、実家帰って調べてくりゃいいじゃん」

「そんな仲良かったなら親も覚えてるだろうし、写真の一枚くらいあんだろ」

するとAは、本当にその足で、実家の所在地である九州に出発しました。

そして十日やそこらほどで帰ってきたようなのですが——全く連絡が来ず、おかしいなと思った僕とBは、酒を片手にAのマンションに押しかけました。

Aの部屋は、今までになく雑然としていました。大小様々な木材が無造作に置かれて、どこかすえた臭いがしました。そこかしこに木屑《きくず》が散らばっていて、それを辿《たど》っていくと、積もり積もった木屑の中心に、やつれた顔ながら穏やかな表情のAが座っていました。

彼のその手には、彫刻刀が握られていました。

Aはどうやら黙々と木材で彫り物をしているらしく、周囲の木屑に交じって十個ほど、動物や仏の姿を模した木像が並んでいました。素人目に見ても中々の出来で、僕は驚きまじりに、

「なにしてんだよA——何、お前こんな趣味あったっけ？　上手《うま》いじゃん」

「んー、いや、一昨日《おととい》くらいから、始めたばっかかで」

がりがりがり、と手元の木材を削るAは答えました。

「は？　嘘言うなよ、こんなの昔っからやってないと出来ないレベルだろ」

「んー、いや、……マジで、一昨日からで……」

がりがりがり、と削る手は決して止めないA。

「それよりお前、帰ってきたなら帰ってきたって言えよ。どうだったんだよ。あのナントカって子のことは…………おい。聞いてる？　A？　……おーい」

がりがりがり、という音だけが響きます。Aは答えもしません。

「おい、A？　お前、聞こえてねえの？　A、なんか言えよ、おいってば！」

こちらに目を合わせようとしないAが気味悪くなったBは、Aが持つ彫刻刀を力ずくで奪い取りました。Aの視線がじろりと僕たちに向いた、その瞬間。

Aは耳をつんざくような金切り声で絶叫したのです。

あまりの大声に、僕らは竦《すく》み上がりました。

Aの真っ赤な目には涙が浮かび、短く一呼吸置いた後にまた「ぎぃやああああああああ――」と叫び続けます。子供のような酷《ひど》い癇癪《かんしゃく》、それを大の大人がやるのですから、怖いなんてもんじゃなかったです。その気迫に飲まれて、取り上げた彫刻刀を慌てて返そうとするB。

それに対して、何故かAはのたうち回るように壁際まで逃げて言うのです。

「――やめろお！　それを近づけんなあ！」

そしてAは、嘔吐《おうと》するのではと思えるほどに咳《せ》き込んでうずくまりました。僕らは恐怖から何も言うことができず、ただ立ち竦むことしかできません。

「うー、うー、うー、……ぁ……の、……そぅ……」

ぶつぶつ何事かを呟《つぶや》くA。やがて彼が、さめざめと泣いているのだと気づいて、やっと僕らは小さくですが、身じろぎをすることができました。

「な、なんだよ　どうしたんだよ　やめろよビビるだろ」とB。

「……ゃ、ぉかった」

それは酷くしわがれた声でした。僕は聞き直します。

「えっ？　なに？　A、どうしたの」

「……ぉもい、……ださなきゃ、……よかったよ」

――思い出さなきゃ、よかったよ。

――アライちゃんのことなんて、思い出さなきゃよかった。

濁った瞳《ひとみ》で虚空を見つめて泣くAは、そう言っているようでした。

「なっ、なんなんだよっ、アライちゃんって」

反射的にBが漏らした言葉に、Aは力無く右手を虚空にさまよわせ――しかしそれを止めてどこかぞんざいに周囲の木屑の山を指さしました。その中には彼が彫ったと思われる、笑みを浮かべた子供の顔を模したような仮面がありました。

「は？　なに、これが、アライちゃん？」

僕とBは顔を見合わせて戸惑いますが、Aは小さく頷《うなず》いたように見えました。

それから、途切れ途切れにこう言うのです。

「……顔しか、覚えて、なかった、じゃなくて、顔しか、覚えられな――」

そこまで言ったAは導かれるように顔を上げ、目を見開くのです。

元々悪い顔色を更に青ざめさせ、もはや死人のそれのようでした。

「――っいや、言えない、わからない……でもたぶん、言わない方が、いい」

「は、いやちょっと、お前、もうすこしちゃんと説明しろよ」

食い下がるBに対して、Aは首を横に振ります。

「悪い、でも、………俺は、もう、ダメに、なっちゃったからさ」

それからAは、這《は》うようにして行って水道の蛇口から水をたらふく飲み、冷蔵庫の中にあるものを貪《むさぼ》るだけ貪って、それからまたさめざめと泣いていました。

僕らの問いかけにも、もう二度と答えません。

Aはほどなくして、おもむろに彫刻刀を拾い上げます。

そして、嗚咽《おえつ》を強めて浅い呼吸を繰り返して、苦しそうに泣き叫びはじめました。

何か悪い気を起こすのではと身構えた僕らをよそに、しかしAは、おもむろに彫刻を再開し始めたのです。今までの情緒不安定が、嘘だったかのようでした。

Aは涙の跡も乾かぬうちに、うってかわって静かに穏やかで、いっそ恍惚《こうこつ》としているかのような満ち足りた表情で、ひたすら手元の木材を彫ることに没頭するのです。

結局のところ、Aはそのまま大学をやめることになりました。

これは、後からAの母親から聞いた話になります。

九州の実家に帰ったあの時のAは、すぐに「アライちゃん」のことを聞いてきたそうです。とても仲が良かったはずなのに、別れ際に彫刻刀で切りつけてきた子。

「ほら、千葉のあそこで暮らしてたときさ、よく遊びにきてただろ？」

Aにそう言われても、彼の母は全く心当たりがありませんでした。

納得せず、物置から幼少期のフォトアルバムを大量に引っ張り出してきたA。一冊一冊確認していき、ちょうどその頃と思われるものを見つけて「ほら、これだよ！　この俺のとなりに写ってる子！　何枚も一緒に写ってんじゃん」と写真を見せつけてきました。

Aの母は戸惑ったそうです。

写真に写っているのは「アライちゃん」でなく、遠縁の親戚《しんせき》の子である「棚橋《たなはし》エミ」という二個上の女の子でした。当時ご近所さんだったということもあり、棚橋家の面々をよく家に招いたりしてたのですが、その時はAもエミちゃんもお互い内向的なタイプだったからか馬が合わなかったからか、特に一緒に遊んだりはしていなかったのです。

なにか別の記憶と混同しているんじゃないの、とAの母が答えると、

「いや、絶対、そんなはずはない……そうだよ、だって、ほら」

Aは手のひらの傷痕を突き出して、確かにこの子に彫刻刀で怪我させられたはずだ、と言うのです。Aの母親はそれにも覚えがないのです。自分の子なのですから、大きな傷痕が残るほどの怪我をした時のことなんて、忘れるはずもありません。

そもそも、手のひらを縦断するほどの傷を負ったのなら、病院に行って縫ってもらわないのはおかしい。それは本当に傷痕なのか、傷痕に見えるだけの変わった形のシワなんじゃないの、とAの母親は言ったそうです。

そう。Aの傷痕には、縫い目の痕がありませんでした。

Aは自らの手をまじまじと見て、しばらく混乱していたようですが、渋々ながら一応はそれで納得したような素振りだったそうです。幼い頃にはありがちだという脳内で作り上げたイマジナリーフレンドや、印象の薄かった遠縁の親戚の子との想い出、当時テレビで見たアニメやドラマなんかの内容などなど——それらがごちゃまぜになったもの。

それが、「アライちゃん」との記憶の正体だ、と。

肩を落として自分の部屋に荷物を置きにいったAは、それからしばらくした後に家中に響き渡る大声で叫びました。何事かとAの母親が彼の部屋を覗《のぞ》いたところ、短時間で盛大に散らかされた中にAがへたり込んで泣いていたのです。

彼の手には、ノートの切れ端のようなものが握られていました。

それはどこかに隠されていたと思しき、古びて黄ばんだ手紙でした。

そしてそこには、子供が書いたようなたどたどしい字で、こう書かれていたのです。


［■■ねん■■がつ■■にち　ワライちゃんとのやくそくのひ］

アライちゃんではなく、確かにワライちゃん、と記されていたそうです。そして「[redacted]ねん[redacted]がつ[redacted]にち」は、Aが唐突に実家に帰ってきて、母親に変な質問をした後、自室でその手紙を見つけて泣いた——まさにその当日の日付だったのです。

　それ以来、Aは日を追うごとに不安定になっていったのでした。


　Aはそうなってしまった原因を、僕らにも、家族にさえ絶対に語りませんでした。

　そのため、結局のところAの身に何が起きてああなってしまったのか、今でもわかっていません。彼は九州の実家の自室で延々と彫刻に没頭し続け、二十九歳で自死するまでに大小問わず数えきれないほどの精巧な木像を作りました。

　それらは今もなお、彼の実家を埋め尽くすように残っています。

　今になって、僕は思うことがあります。

　ああなってからのAは、常に何か凄まじい恐怖に襲われているようでした。

　それが「アライちゃん」だか「ワライちゃん」なのか、それとも「やくそくのひ」とやらなのか、自身が「もうダメになっちゃった」事なのか、はたまた最後まで決して語ることのなかった「彼が経験したある出来事」なのか。

　傍目《はため》から見ているだけでも苦しくなる、そんな怖がり方でした。

　しかし反面、Aは何か、なるべくしてそうなった感じもするのです。

　なにせ——彫刻をしている時だけは、Aは穏やかで、何の苦悩も感じさせぬ、いっそ恍惚としているような、満ち足りた表情だったからです。

ええと、こんな風に表現すると、奇妙に思われてしまうのですが。

あれがちっとも羨《うらや》ましくないというと、嘘になってしまうのです。

というのも、僕はその後、なんやかんやと一留程度で大学を卒業し、今は安月給のためにやりたくもない興味もない仕事を嫌々ながら無理やりこなして胃を痛めている、そんなありふれたつまらない人間になりました。日々、自分を誤魔化して生きているだけ。

そんな僕が現実逃避で反芻《はんすう》するのは、何故だか決まって、人生で一番苛烈《かれつ》な記憶として残っている——Aがおかしくなった、あの時のことばかりなのです。

一体Aの身には、何が起きたのでしょうか。

彼はただ不幸に遭ったただけなのでしょうか。

それとも歩むべき道を歩んだのでしょうか。

そしてAがあの時に彫り上げた、子供の顔を模したような木彫りの面。彼がどこかぞんざいに「アライちゃん」だと指さした、あの仮面です。僕は、その細かなところをはっきりと思い出せません。どれくらいの大きさで、その色はどうだったか、手触りは滑らかだったか、目は見開いていたかそれとも閉じていたか、どうしてそれをひと目見て「笑みを浮かべた子供の顔を模したもの」と感じたのか、どんな風な笑顔を形作ったものだったのか——。

あれだけ衝撃的な体験に付随したモノなのに。

なぜか、そこだけ記憶が抜け落ちたかのように、思い出せないのです。

それが僕は、どうにも気になって、気になって、仕方がなくなる時があります。

きっとこれも、思い出さない方がよい記憶なのでしょうが。


【筆者メモ】

二〇二二年九月、私は編集者からのメール返信を待ちつつ、ネットを彷徨《さまよ》っていた。

動画投稿サイトにアップロードされた怖い話特集動画を漁《あさ》っていたところ、個人的に心惹かれてしまう内容だったためにブックマーク。このわかりそうでわからない具合と、何か禁忌的なものを想像させるあたりがとても好み。こんなような雰囲気のものも書いてみたいと思う。

高円寺百物語ナイト
Koenji Hyakumonogatari Night

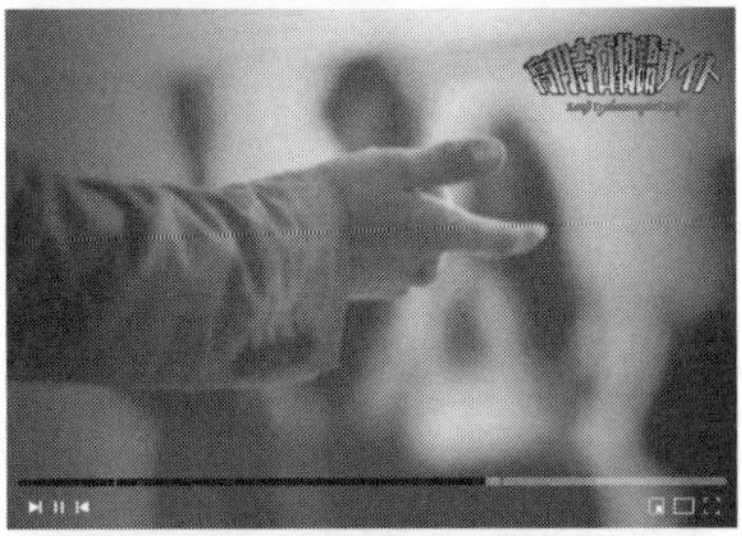

◆担当編集からのメール

---- Original Message ----

From："佐藤《さとう》太郎《たろう》" <sato-t@[redacted].jp>

To："Rinto-H" <Rintoh0401@[redacted].co.jp>

Date：2022/09/27 火 20:11

Subject：Re:Re:Re: 販売動向と今後のご相談

八方鈴斗《はっぽうりんと》様

お待たせいたしました。
頂戴《ちょうだい》したアイデア一覧、拝読いたしました。

結果から申し上げますと、どの案もピンと来ませんでした。
なんというか、まだまだ凄まじさが足りないような気がします。ホラーはホラーとして、もう少しコンセプトやジャンルを明確化してみるのはいかがでしょうか。どんな切り口で魅せるつもりなのかをきちんと意識すれば、自《おの》ずとアイデアも輝くかもしれません。

ホラー作品という箱の中で、どういう切り口（例えば、オカルト？　ＳＦ？　サイコスリラー？　ゴシックor現代もの？　パニック・サバイバル？　キャラクターもの？）で、その上でどういうアイデアを基軸とするのか、というイメージです。
それらの組み合わせによっては新奇性のあるものが生まれるかと。

また面白いものが出来たらご連絡ください。

[redacted]株式会社　出版事業部
第二編集部　佐藤太郎
〒102-9999 東京都千代田《ちよだ》区[redacted] [redacted]ビル５Ｆ
MOBILE：080-4444-[redacted]
sato-t@[redacted].jp
www.[redacted].com

◆　ＳＮＳに投稿された迷惑行為の動画

『地域で一番ヤバいヤツ』　@chii-01-YABA　２０１７年７月11日
情報提供ありがとうございました。世田谷区《せたがや》からのエントリー。
図鑑 no.309 渋滞を生みし者、物陰ひょこひょこおじさん爆誕!!
［動画］
３５７件のリツイート８、２６７件のいいね

――　▽17件のコメント　――

ても@相互フォロー１００%　@timo-tumo-8977　２０１７年７月11日
当たり屋!?　本当に迷惑　信じられませんね！

☆みつばんち☆. *｡　@m4KTYx3E+2QKTz　２０１７年７月11日
最後、マジで轢《ひ》かれちゃってない？笑笑

ＲＸ７を愛する人　@ 3dono-meshiyori-RX7　２０１７年７月11日
環八横断しようとかアホすぎ　歩道橋あるんだから使えよ

旧人類　@SaAis^TXnn35p　２０１７年７月１１日
　狙いすました末にトラックに突っ込んでいく男気ｗ
舐《な》めプ野郎　@ntWZpK\bQLa　２０１７年７月１１日
　轢かれる前から手から血が出てる　自殺志願者かヤク中じゃないの

——　▽コメントをさらに表示する　——


【筆者メモ】

二〇二二年九月。編集者から来た返信メールに頭を抱えるも、しかし落ち込んでばかりもいられないため、再度ネットで新たなネタ探しをすることに。そんな中で発見したＳＮＳに上げられたある動画と、それを見たユーザーたちのやり取り。

動画の内容を簡単に文字に起こすと、次の通りになる。


（動画開始　０：００）

通行人？　撮影者？　の嘲笑《ちょうしょう》とも焦りとも取れる笑い声が響く。

片側三車線の交通量の多い道路。映像は手ブレしつつ、ズームする。

道路の向かい側。歩道の広告看板の裏に隠れている、中年男性の姿。黒い帽子に紺の上着を身に着け、小太りであることが分かる。看板に置かれた左手の先がやや赤っぽく濡れているのが見えた後、その顔がはっきりと映った。

中年男性は、どこか穏やかな横顔だった。間延びした、夕方五時を知らせるチャイムの音。

中年男性は車道に飛び出すタイミングを見計らっているのか、顔を出したり隠したりする。チャイムが鳴り終わった頃、彼は走行中の大型トラックの前に飛び出した。しかし他の車輛《しゃりょう》の陰となって、男性がその後どうなったのかはわからない。

（動画終了0：27）

迷惑行為や危険行為をする者を映した動画なんて、いまやネットで探そうとすればいくらでも出てくる。それらに映る人物らは概《おお》ね薄ら笑いするか、もしくは威嚇するかのような顔をするか、はたまた感情を押し隠そうと表情を固めたりもする。いずれにせよ、その表情からは何かしらの狙いや内心を汲《く》み取れることが多いが――そういった人物と、この動画に映っている中年男性は、少々趣が違うように感じられた。

行動の異常さ自体は、似たりよったりではある。
ただ、決して撮影者や周囲の見物人から注目を集めるためにそうしているわけではないというか、どこかこう、普通は生ずるはずの〝わざとらしさ〟のようなものを感じられなかった。極めて淀《よど》みがなく自然に行動している、そんな独特の雰囲気がある。
微塵《みじん》の疑いなく、強い意志に導かれる、まるで殉教者のような――。

これがもしもただの演技なのだとするなら、きっと何かしらの大きな賞でももらえるだろう、そう思わせるような異様な迫力がある。私自身、今後の創作活動でそんなようなシーンを書く際に大いに参考になると感じて、印象に残っていた。

そして、これが次の発見に繋がる。

◆不審者情報［子どもに対する声掛け事案］

下校中の小学生男児、見知らぬ男性に声をかけられる

●日時：平成29年7月11日（火）午後4時半ごろ

●場所：世田谷区八幡山《はちまんやま》四丁目　防災緑地東側の路上

●状況：小学生男児が徒歩で下校する途中、スマートフォンで建物と建物の間にある狭い裏路地を撮影している行為者を目撃する。

男児に気づいた行為者は、その場で撮影した不明瞭な画像をスマートフォンの画面に表示させ、「これ、見えるか」と声をかけた。男児が「なんですか?」と問いかけたところ、行為者は「悪い顔が写っている」という旨の発言をした。男児が黙っていると行為者は大声を上げた後、環状八号線方面に向かって去っていった。身体を揺らすような歩き方で、左手を掲げて路上の門扉や塀に爪を立てるように移動しており、指先から血が滲《にじ》んでいた。

●特徴：40歳くらい、小太り、紺色ジャンパー、顎《あご》ひげ、黒色キャップ帽着用

不審な人物を見かけた場合は、必ず110番通報してください。

【筆者メモ】

二〇二二年九月、ネットでのネタ探し中にて発見。「顔」に関する奇妙な証言あり。男児の反応から、撮影した画像には変わったものは何も写っていなかったと思われる。

そして、男児に声を掛けたというこの不審者について。

前項の「ＳＮＳに投稿された迷惑行為の動画」に映っていた中年男性と同一人物なのではないか。外見も、出没場所も、日時もピタリと合致しているのだ。

ただ、それにしては、その奇行ぶりに少しも一貫性がないのは不思議だった。

こういった人物が為《な》す奇行に一貫性なんてなくて当然――と思われる方々もいるかもしれないが、むしろ逆だ。奇行にこそ、その人物の在り方が明確に表れる。治療するにあたっても、まずはその奇行をする理由から調べられていくものだろう。

男児に不審な声掛けをした直後、全く別種のあの自殺行為じみた奇行をした、この中年男性。その行動は、どのような思考回路によって至ったものなのか。

◆ 子育て中のパパ・ママ交流サイトの投稿

［育児なんでもＢＢＳ］

投稿日：２００３年12月01日（月）
投稿者：Ｈ・Ｋ（松戸市）

息子のたくみは三歳になったばかり。最近言葉が増えておしゃべりが出来るようになったのは嬉《うれ》しいのですが、まだまだ言い間違えることもたくさんあります。

「ブロッコリー」を「ぶっころり」程度は可愛らしいしわかりやすいものですが、「お腹減った」を「めった（＝減った）」「いただすする（＝いただきます、をしたい）」と言ったり、「駄目」「雨」「飴《あめ》」「納豆」を一緒くたに「まめ」とすることもあったりと、なかなか言いたいことを理解してあげられないことが多い！

息子も意味が伝わらないとやっぱり面白くないみたいで「もう！　ちやう！（＝違う）」とむくれてしまうので、必死に解読を試みて頭をひねる日々が続いてます（笑）

この前もそうでした。市営の児童館に遊びにいったところ、最初は他の子たちに交ざって引っ張ったらカタカタ鳴る車のオモチャや、お気に入りの動物のパズルなんかで楽しそうに遊んでいました。それがある時突然顔を上げて固まって、それまで遊んでた合体するロボットのオ

モチャを抱えて私のもとに駆け寄ってきて、

「こおだるの、こおだるの」

真剣な顔で、そう言うのです。

私はよく考えてみましたが意味がわからず「なあに？　こうなる？　変形するよってこと？」「それとも、こだわる？」だとかそんな風に聞き返しても「ちやうちやう」と言ってまた「こおだるの」と必死に繰り返すのです。

息子は私の困った顔を見て笑われているのだと勘違いしたのか「わらってる、いや！　やめよ（＝駄目よ）！」と、今にも泣き出してしまいそうになるほどにヒートアップ。

「笑ってないよ、ごめんね」となだめても「ちやうちやう」と首を振るばかり。周囲の親子さんたちも不思議そうな顔でこちらを見てくるしほとほと困り果てていたところ、近くにいた女の子が色々なオモチャの積まれた背の低い棚を漁っているのが見えました。その子が奥にあった目当ての人形を取り出そうとした拍子に何かが引っかかり、いくつかのオモチャが転げ落ちて音を立てたのです。

息子はその中のひとつを目で追って、金切り声を上げて飛び上がりました。

「ママあ！　こおだるこおだるのぉ!!」

もはやパニック状態な息子。私はそれでようやくピンときました。

転げ落ちてしまったオモチャなんかに交じっていた、女性の白いお面。いわゆる「おかめ」とか「おたふく」というのでしょうか。民芸品のような和紙製で、よく納豆のパッケージに描かれていたりする、薄く微笑んだ平安時代の貴族の女性みたいな雰囲気のお面が表になって床に落ちていたのです。そう。お面とは「かお」を模したもの。

「たっくん、もしかして『顔がある』って言いたかったの⁉」

息子は怯えた目を向けて、壊れたように何度も頷きました。

「大丈夫大丈夫、あれは本物のお顔じゃないよ。お顔を真似て作ったただのオモチャなの。だから全然こわくないの。ほら見て、ニセモノでしょ？」

私は床から生えているかのようなそのお面を拾い上げて、そのお面を裏返して見せたりしました。息子は呆気《あっけ》に取られたような、それともどこか不思議そうな表情で考えこんで、やがて「しょなの？（＝そうなの？）」と呟いて大人しくなりました。


その後は普通に遊びを再開できた息子。

だけどよっぽどそのおかめ顔のお面が怖かったのか、時折顔を上げては軽く身震いして首をふったりして思い出し怖がり？　みたいなことをしばらくしていました。

たしかに、急に人の顔だけが現れたらびっくりしちゃうよね（笑）

かわいそうだったけど、何も出来ない赤ちゃんだったころと比べると、ずいぶん発想が豊かになったなと感心しちゃいました。ちょっと前まで寝返りも全然打てなくて夫婦共々悩んでたくらいなのに、近頃はよちよち歩きどころか、ジャンプしたり走ったりするのも突然上手になってきたんだから、本当に子どもの成長って速くて驚きます。

【筆者メモ】

二〇二二年九月、ネットでのネタ探し中にて発見。「顔」に関する奇妙な話。

内容を読む限り、子供が怖がり始めた位置からすると、母親の側にある棚のお面を見ているようには考えにくい気がする。

だとすると、この子は何の「顔」を怖がっていたのか。

◆ 巨大電子掲示板の過去ログ

［人生で一番衝撃的だった出来事　part.2］

683：あいぽん：14/08/18（月）18:35:35 ID:???

誰かに見られているとなんかうまくできないことってあるじゃん。

私、運転がド下手なの。奇跡的に免許は取れたんだけど、バックで駐車場に停めるのとか超苦手でさ。一人で運転する分には、めちゃくちゃ時間掛かるんだけどどうにか出来るよ？　だけど隣に親とか彼氏とか乗ってたらもう絶対ムリ。パニクっちゃってもう訳分かんなくなっちゃうし、結局だいたい誰かにやってもらうの。意味わかんないよね、普通誰かといたほうが安心してうまく運転できそうなもんじゃん。

それでね、私、小学校の時にちょっとだけクラスがかぶってたエミって子と友達だったの。よく縫い物とかぬいぐるみとか自分で作ってる、そんな感じの内気な子。なんていうか当時は話す相手がいなかったら喋《しゃべ》りはするけど、何人か同じグループの子たちと集まったら特に喋りはしない、でもお互いの家は行ったことはあるっていう、なんか仲良いんだかそうでもないいんだかよくわかんない関係だったの。

高校の入学式で偶然エミと再会してさ。同じクラスで。入学したてで知り合いなんていないから、やっぱりなんとなくつるむでしょ。そうしてるうちにだんだんと仲良くなってきたの。今もなにか縫ったり作ったりしてんのーって聞いたら、普通に店に売ってあるような洋服とか自分で作れるようになっててさ。えヤバくね、みたいな。本当にそういうの好きだったんだって言ったら「そうでもないけど、作ってないと何か落ち着かなくて」とか言ってきて。好きじゃないわけないでしょ、手なんてもうボロボロになるくらいずうっと何か作り続けてるんだって。凄《すご》くない？

まあそんなんで仲良くし始めたんだけど、ある時気づいちゃったの。あ、ずっと私と目を合わせないなって。なんかそれに気づいたらすごい気になっちゃってさ。昔よりも仲良くなったつもりだったのに、エミはそうでもないんだなって。だからある時聞いてみたの。なんで？って。そしたらエミ、最初はそんなことないよって笑ってごまかしてたんだけど、ある時急に真剣な顔になって、「誰かと目をあわせるの、なんとなく怖いの」だって。

まあエミも元々内気なタイプだったし、そのうちなんか不登校みたいな感じになって。だんだんかなり精神的に病んでっちゃったみたいでさ。住んでるマンションから飛び降りて死んじゃったの。ヤバいでしょ？　誰かにイジメ受けてたとか、好きな人にフラれちゃったとか、そういうのじゃないのに自殺しちゃったの。あっさり。

それで、誰かに見られているとうまくできないって話をしたのは何でかってのがね。私は一応小学校のころからの友達で、しかも高校でも仲良かった風な感じだったから、エミの親に呼ばれて。お線香あげてやって、みたいになったのね。そのときトイレ借りたら、ちらってエミの部屋が見えちゃったのよ。

エミの部屋ね。自分が作ってた小物とか洋服とかいっぱい積まれてて、やっぱ店開けるっしょってくらいぎゅうぎゅうになってたんだけど。そこに小学校の頃流行《はや》ってたアイドルのポスターとかさ。懐かしいアニメキャラのグッズものとか、ファッション雑誌だとか。部屋自体はまあ普通にさ、ああ、あの子らしいなーって感じだったの。

でもね、その全部がさ。アイドルとか、キャラもののやつとか、雑誌のモデルとかさ、その顔の部分だけ、マジックかなんかできっちり真っ黒く塗りつぶされてたの。自作のテディベアとかももう何十個も並んでたんだけど、それも顔のとこにガムテープがべったべたに貼られてたりしてる神経質っぷりでさ。エミの親が言うには、死んじゃうちょっと前に、エミが急に自分でそうしたんだって。

そりゃもう私めちゃくちゃビビったんだけど、それとおんなじくらいに「ああーそっかあ」

って納得もしちゃったの。エミはきっと、誰かに見られることが気になりすぎちゃって、なんかもう、上手に生きられなくなっちゃったんだろうなって。

だから死んだんだな、って。


【筆者メモ】

二〇二二年九月、ネットでのネタ探し中にて発見。

「顔」に関する恐怖に悩まされ、やがて自殺した人物の話。

恐怖を感じるというのなら、そういう顔のある類《たぐい》のものを部屋から捨てるなり持ち込まないようにするなりすれば良さそうだが、わざわざご丁寧に塗りつぶしてみたり、ガムテープを貼ったりして隠すなんて面倒くさそうな作業を行うなどしている。

もしもこれが創作だったなら一番に見直すべきポイント——だが、そんな中途半端な筋の通らなさが、かえって人間くささを感じるというか、どことなく生々しいリアリティの手触り感がある。何かの参考になりそうだと思い記録した。

しかし何故だろう。元々潜在的にあった恐怖症が急激な悪化でもした、とか？

◆　ネットニュース記事［独自・同僚3名を包丁で刺す　不可解な犯行理由］

［指定されたページが見つかりませんでした］

URLが正確に入力されていないか、ページが削除された可能性があります。

【筆者メモ】
二〇二二年九月、ネットでのネタ探し中にて発見。

しかし、まさかのリンク切れになっていた。

それに気付かないまま資料として担当編集にメール送付してしまい、後々「ネタに使えそうなものはきちんと記録・保存しておくべきだ」と叱られてしまう。大反省。

記憶が正しければ、概要は次のようなものだった。

三十代の女性会社員・逢田《あいだ》容疑者は、勤務中に突然給湯室の包丁を持ち出して同僚らを次々に突き刺していった。仲が悪かっただとか恨みがあったわけではないのにもかかわらず、だ。何やら「ワクチンを打ってしまったため、闇の政府に私の脳が支配された」「頭の中に顔が浮かび上がり全てを破壊する命令がきた」といった旨の、当時流行っていた陰謀論めいたことに頭をやられてしまったような発言をしていたはず。

再度検索したものの見つからず。この記事ほど詳細が書かれているものはなかった。

今後はありとあらゆるデータを必ず記録しておこうと固く決意する。

◆ある大学生の裏アカウントの投稿

［このアカウントは現在凍結されています］

たく　@kaoga-miteiru　２０２０年６月19日
大学いこうとすると息が苦しくなる

たく　@kaoga-miteiru　２０２０年７月１日
今日もやりたくないことをやらされてる

たく　@kaoga-miteiru　２０２０年７月３日
今日も今日とてやりたくないことをやらされてる

たく　@kaoga-miteiru　２０２０年７月７日
やりたくないことをやって、やりたくないことをやって、やりたくないことをやって、それが普通だっていうの？　本気で苦しいんだって言ってるじゃん

たく　@kaoga-miteiru　２０２０年７月10日

明日もきっとやりたくないことをやらされてる

たく　@kaoga-miteiru　2020年7月21日
ちがうんです僕はもともと走りたくなんてないのに勝手にやらされてるんです楽しくともなんともないずっとずっと苦しいだけで早く終わってほしいと思ってて

たく　@kaoga-miteiru　2020年7月28日
部活やめたい　ほんとにしんどい　やめられません　スポーツ推薦だから？　いいえそうでなくともやめられません　言おうとしても言えない　絶対に

たく　@kaoga-miteiru　2020年8月2日
いや学生記録塗り替えたってなんにもうれしくないよ　ほんとに苦痛に耐えてるだけなんだからさ　走ってる最中まじで早く終われとしか思ってない

たく　@kaoga-miteiru　2020年8月7日
ぼくは小さい頃からおかしかったなんでぼくなのか全部あなたたちのせいなのに顔は今日もかわらずぼくをみて笑っている苦しいいやだいやだいやだ

たく　@kaoga-miteiru　２０２０年8月21日
子の言うことをしんじられないならあんたらは親じゃないでしょ

たく　@kaoga-miteiru　２０２０年9月4日
きえろきえろきえろきえろ　こっちをみるな

たく　@kaoga-miteiru　２０２０年9月26日
どうしよう　先輩に気味悪がられてる？　見られたかも

たく　@kaoga-miteiru　２０２０年9月29日
真剣に相談乗ってくれた　うれしすぎて涙出た

たく　@kaoga-miteiru　２０２０年10月6日
ストレスのもとを断てば、幻覚は収まるそうです

たく　@kaoga-miteiru　２０２０年10月7日
顔のことはどうしようもない　陸上もやめられない　ならアイツらか

たく　@kaoga-miteiru　2020年10月7日
わんちゃん殺すか　なんてね　うそうそ　通報しないでね

たく　@kaoga-miteiru　2020年10月30日
今日もまた喧嘩になった　信じられないならもういいよ

たく　@kaoga-miteiru　2020年11月5日
うーん　あんずるよりも、うむがやすし？笑

【筆者メモ】

二〇二二年十月、ネットでのネタ探し中にて発見。

実の両親を殺害してニュースになった絹澤匠。彼は両親の顔を剝《は》ぎ取って持ち歩いていたとされ、その猟奇っぷりから一時ネット上でも軽く話題になっていた。

私はなんとなく絹澤匠の件に興味を惹かれていた。やがてネット上に晒《さら》されていた絹澤匠の個人情報や、彼のものと噂されるＳＮＳの裏アカウントにたどり着いて記録した。

絹澤匠は幼児期からスポーツ教室に通い、小学校から本格的に陸上競技を開始。高校時代には学生記録に名前が残るほど優秀な選手だった。家庭環境に問題があったようには見えず、か

なり早い段階からスポーツ教育に力を入れていたこと以外は、とりたてて特筆することのない一般的な家庭だった、というのが彼らの周囲の人々から上がっていた見解だ。

この記録から読み取れるのは、絹澤匠は大学進学を機に、以前より悩まされていた幻覚症状が悪化、精神的に不安定になっていったということ。絹澤匠はその悩みを伝えていたものの両親はまともに取り合わなかった、というのは先述の記事にもあった通りである。

どういう状況であれば、親は幻覚症状を訴える子どもに何の対応もしないのか。

普通なら心療内科なり精神科なりにかかるだろう。親が世間体を気にした？　それとも子どもに通院を許すと、治療のために競技から離れるかもと惜しんだ？　子どもにしか見えない幻覚を信じられなかった？　いずれもどこかしっくりこない。

そうなっておかしくなさそうな状況を、私は脳内で組み立てた。

そして思い至ったのは、正常性バイアスが働いた、という可能性であった。

もしも絹澤匠が昔から——それこそ幼い頃から己の幻覚症状について言及しているような子だったなら、大人になって今更親に訴えても「いつものことでしょ」「今まで大丈夫だったんだから気にしないの」という反応になる、かもしれない。そこまで想像が進んだあたりで、私は絹澤匠のことが妙に引っかかった原因に気づき、驚愕《きょうがく》してしまった。

二〇二〇年、逮捕時に二十歳だった。

ならば二〇〇三年に三歳であっておかしくない。

千葉県の松戸市に在住し、絹澤匠――「たくみ」という名前。

彼の母親である絹澤弘子のイニシャルはH・K。全てが合致していた。

両親を殺害した絹澤匠。彼は、二〇〇三年に［育児なんでもBBS］に投稿された、「顔」を怖がる幼児「たっくん」と同一人物である可能性が非常に高い。


本当に、彼は幼少期からずっと顔に関連する幻覚に苛《さいな》まれ続けていて、どうにもならなくなるくらいに追い詰められた果てに、両親を殺してしまったのだとしたら。

視た者を破滅に追いやる、幻覚症状。

まるで物語の中の怪異じゃないか。私はそう思った。

有り触れた日常に隠れていた〝オカルトの香りがするもの〟を、他の誰でもなく自らの手で見つけ出したことに――不謹慎ではあるものの、正直ぞくぞくした。

この発見は、上手く活用できれば素晴らしいアイデアとなる。

私はこれを担当編集者への提案に加えておくことにした。


それがきっと、始まりだった。

◆ 担当編集からのメール2

---- Original Message ----
From：“佐藤太郎” <sato-t@[redacted].jp>
To：“Rinto-H” <Rintoh0401@[redacted].co.jp>
Date：2022/10/11 火 14:43
Subject：Re:Re:Re:Re:Re: 販売動向と今後のご相談

八方鈴斗様

大変お待たせしましてすみません。

先日いただきましたアイデア一覧その2、やっと拝読できました。

前々回のものよりかはブラッシュアップされたように感じるものの、やはり「現代伝奇モノ」や「オカルトお仕事モノ」というジャンルは今の弊社のレーベルの性格と、時代の流れを鑑《かんが》みるに、どうもマッチしないように思いはじめております。

たくさんの案を出していただいた中で申し訳ありませんが、一旦《いったん》こちらの方向性はなかったことにさせてください。

ただ、ひとつ確認です。十三案目にある、
V・完全に日常生活に溶け込んでいた「顔」の怪異に、一人だけ気づいてしまう話
こちらは具体的にどういう意味でしょうか。
今一つ想像がつかないです。

[redacted]株式会社　出版事業部
第二編集部　佐藤太郎
〒102-9999 東京都千代田区[redacted] [redacted]ビル５F
MOBILE：080-4444-[redacted]
sato-t@[redacted].jp
www.[redacted].com

---- Original Message ----
From：〝佐藤太郎〟 <sato-t@[redacted].jp>
To：〝Rinto-H〟 <Rintoh0401@[redacted].co.jp>
Date：2022/10/21 金 19:43
Subject：Re:Re:Re:Re:Re:Re: 販売動向と今後のご相談

八方鈴斗様

具体的なご説明ありがとうございました。
（例として列記いただいたネットニュース記事等のURL、そのうちの一つがすでにリンク切れしていました。特にニュースの記事は削除されるのが早いです。資料として使うかもしれないものは、どんなものでもデータを記録して残しておく癖をつけるようにしてください。コピペでもスクリーンショットでも、方法はなんでも良いです）

要約すると、何かしらの不幸に陥った人々や、精神的に異常をきたしてしまった人々、彼らは示し合わせたわけでもないのに「顔に関連する不可解な言動がある」と。ほとんど見落とされているものの、そこにはいわば「顔の怪異」のようなものによる、何かしらの影響があるのではないか、というホラー展開ですね。

少々感覚的な恐怖ですが、人間は他者との複雑なコミュニケーションを可能とする生物ですから、その分「顔」に関連する事柄（表情、視線、発声、等々）は特別な注目がなされるように思えます。なので、より身近な恐怖として感じてもらいやすいかと。

斬新《ざんしん》な作品になりそうで、内容としても興味深いです。

一度この方向性で話を膨らませ、どういう切り口でいくか策を練りましょう。まずは第一段階クリアですね。10／28か11／2の18時以降で、オンラインミーティングは可能でしょうか。

[redacted]株式会社　出版事業部
第二編集部　佐藤太郎
〒102-9999 東京都千代田区[redacted]ビル5F
MOBILE：080-4444-[redacted]
sato-t@[redacted].jp
www.[redacted].com

---- Original Message ----
From：“佐藤太郎” <sato-t@[redacted].jp>
To：“Rinto-H” <Rintoh0401@[redacted].co.jp>
Date：2022/10/24 月 10:16
Subject：Re:Re:Re:Re:Re:Re:Re:Re:Re:Re: 販売動向と今後のご相談

八方鈴斗様

申し訳ありません。先日の件はＮＧとなりました。

突然ですみませんが、一旦白紙に戻す形でお願い致します。
オンラインミーティングについては予定を空けたままにしてはおりますので、八方さんが良ければまた別の案でいけないかを打ち合わせする時間としてくださっても構いません。

[redacted]株式会社　出版事業部
第二編集部　佐藤太郎
〒102-9999 東京都千代田区[redacted]ビル５Ｆ

MOBILE：080-4444-[redacted]
sato-t@[redacted].jp
www.[redacted].com

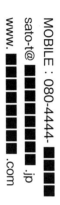

◆失踪者情報提供のお願い　―　捜索支援機構Ｗｅｂサイト

［捜し人　些細な情報でもお知らせください］

【平成29年 第132号案件】

行方不明者の名前……佐伯　景太郎
行方不明のふりがな……さえき　けいたろう
当時の年齢・性別……23歳・男性
身長・体重……179cm・95kg
最後に目撃された日時……2017/5/22
職業……会社員
特徴……読書好き、右眉頭に大きな黒子、内向的、人と顔を向かい合わせて喋るのが苦手

情報……2016年に大学卒業後、板橋区内の会社に入社。2017年５月22日に勤務先を退勤してから、行方が分からなくなっています。最後に目撃した会社の同僚の方によると、自己啓発セミナー？　勉強会？　のようなものに参加するようなことを話していたそうです。スマートフォンを所持していましたが、電源が入っていない状態です。

ご家族からのメッセージ……もう私生活のことを口うるさく言いません。家族皆が待っています。元気にしているかどうかだけでも教えてくれませんか。お父さんやお母さんに言いにくいことがあるのなら、どうかお兄ちゃんだけには連絡してあげて。

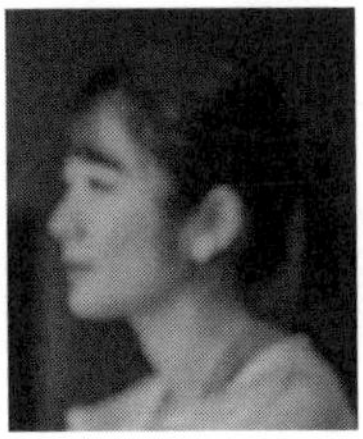

【平成11年　第991号案件】

行方不明者の名前……祢津　由紀

行方不明のふりがな……ねづ　ゆき

当時の年齢・性別……37歳・女性

身長・体重……150〜160cmほど・60kgほど

最後に目撃された日時……1999/8/下旬

職業……専業主婦

特徴……目が悪いがメガネをかけない、ボランティア団体に所属

情報……千葉県松戸市内の自宅より近所へタバコを買いに行かせたところ、そのまま戻らず。葛飾区にある親族の家に寄ったが、特段変わった様子はなかったとのこと。当時の服装は部屋着にエプロン、サンダル履き。小銭入れは持っていったが、通帳や印鑑などは自宅に残したまま。直近では、なにか顔のことで思い詰めている素振りがあった。

ご家族からのメッセージ……嫌なことから逃げたって仕方がない。どこにいこうと誰かが見ているものだ。自分のしでかしたことがわかっているなら、早く戻ってこい。あれの面倒を見るのは一人だと大変だ。義姉一家だって心配している。丸石さん、阿良井さんという方が、わざわざ訪ねてきてくれた。預かりものがあるから連絡をしなさい。

【令和元年　第28号案件】

行方不明者の名前……森山　麻里衣
行方不明のふりがな……もりやま　まりえ
当時の年齢・性別……19歳・女性
身長・体重……156cm・ 49kg
最後に目撃された日時……2019/10/9〜13
職業……大学生
特徴……山形弁、内股歩き、左手中指に手術痕、そばアレルギー

情報……足立区の私立大学で読書サークルに在籍。夏頃までは合宿やバーベキューなど積極的に活動に参加していたが、9月頃に突然ふさぎこむようになる。しばらく山形県酒田市の実家で療養した後に復調。サークルの先輩に会いに行くと言って上京した後、行方不明に。会いに行くと言っていたサークルの先輩に電話はしていたものの直接会っておらず、千葉県市原市のコミュニティバスに行方不明者とよく似た人物が乗っているのを目撃されたのが最後の足取り。

ご家族からのメッセージ……今になってわかりました。まりちゃんの言っていたことも、顔のことも、聞き流さないで全部受け入れます。だからどうか戻ってきてください。どうすれば良いのか、教えてください。

【筆者メモ】

二〇二二年十月、ネットでのネタ探し中にて発見。

念願叶ってようやく通った「顔の怪異」のアイデアだったはずが、編集者から手のひらを返すような差し止めの知らせを受けた。もちろん私はこの上なく落胆していた。

どれだけ納得がいかなくとも「顔の怪異」のアイデアがNGとされた以上は、さっさと切り替えて新たな案を用意しなくてはならない。再びネット上の徘徊に戻ったところで見つけたのが、この行方不明者の捜索を支援するグループのホームページだった。

おかしい、と思われるかもしれない。

私は新たなアイデアを探さなければならなかった。

しかし、本記録も「顔の怪異」の存在を匂わすようなものである。

つまるところ私は、新たなアイデア探しを全く出来ず、未練がましく「顔に関連する恐怖を感じるもの」や、「顔に関連する不可解な証言があるもの」をネット上で漁り続けていた。

そうしていたのも何より、「顔の怪異」めいたものがある――という前提で世間に溢れる情報群を流し見していくと、驚くほどに〝話を広げられそうなネタ〟がそこかしこに転がっているように見えてくるからだ。

本記録においてもそうだ。人と顔を向かい合わせて喋るのが苦手。顔のことで思い詰めていた。顔に関して何かトラブルがあったらしい文言。顔に関連する不可解な語句が出ているだけで、そこに何とも言えない不穏さや潜在的な恐怖を見出《みいだ》すことが出来る。

それはこの「顔の怪異」というアイデアが、実にバリエーションに富んだ展開を可能とする、極めて優れたものであるということに他ならない。

私はこのアイデアで作品を書きたくて仕方がなかった。

どうにか編集者のＮＧを撤回させることは出来ないか、私は腐心していた。

◆　担当編集とのオンライン打ち合わせ
［２０２２．１１．２ミーティング（参加者：八方・佐藤）より抜粋］

――正直なところ、そういうわけなんです。

…………。

――それで、……あの、八方さん？　大丈夫です？　聞こえてました？

……っ、はい。すみません。大丈夫です。ちょっと、目が、疲れているようで。

――ええとですね……まあこんな短時間で代案を出してくれたのは本当にありがたいことですけど。ただ、やっぱりアイデアとしてはちょっと、なんというか、僕たちが求めてる「凄まじい作品」とは、程遠いかなあ、というところが正直なところです。

……衝撃的で、リアリティがあって、興味が惹かれるものではない、と。

——そう。根本を支えるアイデアですね。そこさえしっかりしてくれればいいんです。それさえ出来たら、後の組み立ては八方さんけっこうお得意でしょ。今は苦しいと思いますがね、次こそはヒット作を出してもらうためにもね。

あの、佐藤さん。いいですか。ひとつ。

——はい？　なんでしょう。

だったらどうして、急に駄目になったんですか。『日常生活に溶け込む「顔」の怪異』の話は。佐藤さんだって最初はすごい乗り気だったじゃないですか。

——それは……すみません。力不足で。

いえ、謝ってもらいたいんじゃなくて。佐藤さんだって、あれなら「凄まじい作品」が出来そうだと思ったからGOサイン出したんでしょう。駄目になった理由を知りたいんです。なんか、それが引っ掛かってモヤモヤしてて。

——まあその、……上長、というか。瀬越《せごし》編集長の判断で。扱うな、と。

編集長がですか？　どうして？　何か内容に問題があるとでも？　実際の事件を扱うから駄目だというなら、問題のないように書きます。その事件に関わったであろう人たちの感情にもきちんと配慮します。それでも駄目なのですか？

——いや。ええと、そこじゃなくて、問題は。

それじゃ、何が問題視されたのですか。

——（溜息《ためいき》の音）……八方さん、これ、オフレコにできますか？

はい。もちろん。

——くれぐれもお願いしますね……。僕も、本当に初めて聞いたんですけど。うちの会社には、各レーベルの編集長クラスには必ず共有されてる、扱ってはいけない話というか、禁忌とされるテーマやエピソードの一覧というか、そういうリストみたいのがあるらしくて。

えっ？　あ、扱ってはいけない話？

――「禁忌題目」と呼ばれてて、それをチェックされるんです。

ちょ、飲み込めな……え、それは、「放送禁止用語」みたいな?

――公序良俗に反する単語を使わないのとはちょっと趣が違いますが、まあイメージとしてはそれでも結構です。作家さんがその「禁忌題目」に引っかかることを書いた箇所は校正段階で必ずそれとなく直してもらいますし、もちろんそれに引っかかるお話なんかを書こうとしたら企画段階で絶対ボツになります。

な、は、え、なんなんですそれ。ど、どうしてそんなものが?

――まあ……ある種の自主規制といいますか。そういう感じらしいです。

そ、そういう感じって、そんな……。その「禁忌題目」みたいなものに、『日常生活に溶け込む「顔」の怪異』の話が引っかかったってことなんですか?

――その……、聞く耳も持たれなかったですよ。本当に。

えっと、佐藤さん。

――はい、なんでしょう。

その、…………私のことからかってるわけじゃ、ないですよね？

――ほら、そういう反応になるでしょ。

……だって、……変じゃないですか。

――僕だって意味分からないですよ。……ただ、うちもホラ、業界じゃ歴史がある方でしょ？
戦後から積もり積もった諸先輩方の経験則が、次第に破ってはならない禁則事項へと進化していっちゃうことも、……なくはない、とは思うんですよ。

そんなふわっとした慣習で、私がやっと見つけた唯一の突破口が潰されたと？

――まあ、ええ……そう、そういうことに。

……ずるくないですか、そんなの。「凄まじい作品を生み出したいなら手段を選ぶな」って事あるごとに私に言ってたの、佐藤さんじゃないですか。これならいけるって、面白くなるかもって、佐藤さんだってそう思ったんですよね。だったら、どうかもう一度、編集長に掛け合ってもらえませんか。

――（咳払《せきばら》いの音）……あのですねえ、八方さん……。

逆に言えばチャンスじゃないですか。禁じられてたっていうなら、他の人の手垢《てあか》もついていないってことでしょう？　それならどうか私に書かせてください。私、絶対に凄まじいものを書き上げますから。

――僕も、しょせんはただのサラリーマンですから。期待しないでください。

ちょっと！　佐藤さん！

――また、面白いアイデアが浮かんだら連絡してくださいね。失礼します。

（通信終了）

◆友人作家とのやりとり

担当編集の佐藤さんとのオンライン打ち合わせが一方的に終わってしまった後、腸《はらわた》が煮えくり返った私はすぐに近場で酒を買い漁り、玄関のドアの戸締まりと窓の施錠がされているかを二度三度確認した上で、悪態をつきながらの自棄《やけ》酒を始めました。

私は日本酒を好みますが、そう酒に強いわけではありません。

大抵お酒を三合も飲めばだいぶ呂律《ろれつ》が怪しくなります。しかしその時はどれだけ飲んでも酔いが回ってこずに、怒りも興奮も冷めやらず落ち着くことができませんでした。

そこで誰かに話して発散しようと思い、ある友人に連絡しました。

その友人とは、小学校時代からの長い付き合いです。

仮に名前を「Ｋ」としましょう。

Ｋもちょうど仕事が一段落したところだったのか、私の突然かつ雑な誘いにもすぐに反応してくれて、数分後には私のパソコンのモニター上に現れました。コロナ禍において一瞬流行ったわりに、全然浸透しなかった「リモート飲み」というやつです。

ＫはＫでちびちび缶ビールをすすりつつ、Uber で夕食を取り寄せて、一通り私の愚痴を聞いては相槌《あいづち》を打った後、楽しそうにこう言いました。

「めっちゃウケるじゃん」

私は猛烈な抗議をしました。全然ウケないよ、と。

せっかく引っ掛かった良いアイデアなのですから、できればそれを活《い》かして早くプロット作成へと段階を進めていきたいのです。それが突然ふりだしに戻され、また地獄のようなネタ出しをやらなければならないのですから、苛立《いらだ》ちもするでしょう。

未《いま》だ新たなアイデアにつながるネタがないかネット上を彷徨おうとも微塵も捗《はかど》らないですし、それどころか「顔の怪異」の方に使えそうなネタばかり目についてしまう有様でした。

「いや、そっちじゃなくて。[redacted]の編集部に『禁忌題目』リストがあったってことがウケる、って話。俺の担当さんは教えてくれなかったぞ、そんな面白そうなもんあるなら教えてくれたっていいのにさあ」

実のところKもまた作家業を営む人間であり――というよりも、私より先に小説を書き始めて、そして私より先に大きな賞を受賞して即書籍化を果たし、そしてそれが大好評を博して長期シリーズ化をしている、いわば才能溢れた売れっ子作家です。

「禁忌題目の内容自体も気になるけどさ、それらを〝禁忌〟とするようになった経緯もまた気になるっしょ。つうか普通そんなもんがあるってんなら、作家らに予《あらかじ》め伝えておかないと効率悪いだろ？　伝えておかない理由がわからん」

確かに、言われてみればそうです。

私のような弱小作家だったら、ボツにするのなんて容易《たやす》いことでしょう。しかしKのように勢いある作家や、もしくはもっと上の大御所作家が「禁忌題目」に引っかかる作品を書きはじめてしまった場合、ボツにするのが難しいときだってあるはずです。

「そんで、お前、これからどうする？」

これからってどういうこと、と問いかけました。

「いや、だから言われた通り、最初っからネタ出しすんの？　それともお前のとっておきの、日常生活に溶け込む『顔』の怪異――で仕上げるのかってこと」

私が返答に窮していると、画面上のKは器に盛られた大振りなエビチリを箸《はし》で口の中に放り込んで咀嚼《そしやく》し、それはそれは楽しそうにビールで流し込みました。それからやがて、どこか不敵な笑みを湛《たた》えはじめたのです。私は焦りました。

Kがこの顔をする時は、何か良からぬことを企《たくら》み始めた証拠なのです。昔から決まってそうでした。私は幼い頃からこの不敵な笑みによく振り回されてきました。

小学四年生の頃、私にこの小説面白いよと教えてきた時も。

中学二年生の頃、自分たちで小説を書いてみようと誘ってきた時も。

高校一年生の頃、出来上がった作品を新人賞に応募してみないかと唆してきた時も。

必ずこの、Kの不敵な笑みが目の前にあったのです。

そのため私は、予め強い口調で宣言しました。

私はどんな手段を用いても、このアイデアを使った作品を書き上げる。それで担当編集が認めないなら仕方ない、他の公募にぶちこむなり他社に持ち込むなりして世に出すから、と。

すると、Kは声を上げて笑い始めました。

「そうか、もしもそのネタを使わないって言うなら——俺がそれで一本書かせてもらおうかなって思ってたところなんだけど。まあいいか」

やはりそうでした。

この男はそういうところがあるのです。

常識のある人ならば大なり小なり配慮するでしょう。古くからの友人が「このネタで書きたいと考えている」と長々と喋っている最中に、それじゃあ全く同じそのネタ使って自分が書こうだなんて、普通言わないしやらないじゃないですか。

彼は違うのです。興味あるモノや面白そうなモノに対しては躊躇《ちゅうちょ》なく突き進み、たとえそれで誰かに迷惑を掛けたとて仕方ないというスタンスなのです。そういうエンタメ第一主義だからこそ、凄まじい作品を生み出せるし売れているのでしょうが。

私が絶対に書き上げるからこのネタを使わないでと念押しすると、

「わかった、わかったってば。ただその代わり——その面白そうなゴタゴタにさ、何か進展があったら都度教えてくれよ。俺も俺で『禁忌題目』のリストのこと、自分のとこの担当に探りいれてみるからさ。こんな面白いもん情報共有しない手はねえだろ」

正直言えば、それは心強い申し出でした。

こんな愚痴を聞かせるだけで売れっ子作家であるKに執筆協力——といかずとも、彼の助力を得られるのです。売れっ子という立場の強さから、うまくいけば担当編集の佐藤さんの考えを変えられるかもしれませんし、もっというと編集長に働きかけることも可能かもしれません。

あまりに都合が良い申し出に、どうしてそこまでしてくれるのかと尋ねると、

「そのネタなら、お前は凄まじい作品が出来るっていうんだろ？」

おずおずと、私は頷きます。

「そのネタで俺が先に書いちまうと、性格上お前はもうそのネタ使わないだろ。そしたら客観的に読める楽しみが減っちまう。――だったらまず、お前が書き上げたのを読んで楽しんで、それで足りなかったら自分も書くってした方が得だろ？　『お楽しみ』の総量的に」

やっぱりそうでした。彼はこういう人間なのです。

私は思わず苦笑してしまいました。

◆ 禁忌題目の簡易プロット Ver.1.0（筆者作成）
『日常生活に溶け込む「顔」の怪異（仮）』

［ジャンル］現代オカルトホラー
［テーマ］安定していると思われている日常の脆弱《ぜいじゃく》さ
［一行ログライン］
残酷な事件の蒐集《しゅうしゅう》癖があるライター、数多《あまた》の事件に隠れていた怪異に一人気づく

［起］
都内で残酷な殺人事件が発生。捕まった容疑者Aは錯乱しているのか「自分にしか見えない顔にやらされた」と不可解な供述を繰り返す。主人公は過去の別の事件の関係者に、Aと極めて似た内容の不可解な供述をした者が多数いることに気づく。

［承］
主人公、示し合わせたわけでもないのに同じ不可解な供述をしていた者たちの行動履歴を洗う。すると彼らは、同じ場所（※要検討　廃れた神域？　廃村？　カルト？）に身を置いていたことがあるという共通点が見つかる。主人公は現地調査に向かう。

［転］

現地で調査中、主人公もまた「自分にしか見えない顔」の幻覚と幻聴に悩まされるようになる。しかしその心霊現象がヒントになって、「顔」はかつてこの地で冤罪《えんざい》により殺された人物Bだと突き止める。Bの怨念《おんねん》が「自分にしか見えない顔」の原因で、人々を破滅に追いやっていると推測した主人公は、彼の弔いと名誉回復に尽力する。

［結］

全てを成し遂げた主人公は「顔」の幻覚と幻聴が止んだ——と思ったがそうではなかった。Bの冤罪の原因となる相手Cの子孫を前にした際に再び現れた「顔」に強制され、Cの子孫を殺害、逮捕される。その後、主人公の担当弁護士が調べたところ、BとCの因縁などそもそも後世に作られた虚構の創作で、主人公はただ妄想をこじらせて無関係な人を殺しただけだと指摘される。主人公はそれでもまだ見える「顔」に怯え、精神を破綻させる。

※改善検討事項

・ただただ悪意を持って人生を破壊するだけの怪異、と伝わりにくい？
・テーマからやや逸《そ》れてしまっている　リアリティが足りないか
・短編ならともかく、中長編では薄味過ぎるか　これがまだ前編という雰囲気か
・各段落にももっとメリハリと外連味《けれんみ》が欲しい

・シチュエーションにもっと新しさというか今どき感を出したい

【筆者メモ】

二〇二二年十一月初旬、Kが私の背中を押してくれたことも手伝って、編集者からのＧＯサインが出ていないものの『日常生活に溶け込む「顔」の怪異』のプロットを立てることにした。まずはたたき台となるものが完成。

贅沢《ぜいたく》を言えば、これをデビュー作の続編として書きたいところだった。

しかしそうしてしまうと、編集部側の説得に失敗した場合に権利的な問題が出てきてしまう。ここは説得に失敗したときのことも見据えて、他の公募にも応募しやすい単巻完結型のホラーものにしたほうが良い、等とそんなようなことを企んでいたと思う。

その後何度か手直しをしたが、結局世に出ることはなさそうなのでここで供養する。

◆賃貸アパートの不可解な張り紙

令和元年十月一日

ハイツ[redacted]ご入居者様　各位

有限会社HKHソリューション
城東管理部　斎藤《さいとう》

深夜の共用部利用に関するお願い

平素は当ハイツの管理にご協力いただき、誠にありがとうございます。

昨今、当ハイツのご入居者様ならびに近隣住人の方々から「深夜の共用部にて、著しくマナーに逸脱した迷惑行為が見受けられる」というクレームを複数承りました。

深夜利用時のマナーが明文化されておらず、どこからどこまでを迷惑行為とするのか区別する基準には個人差があるとは存じますが、少しでもお心あたりのある方はどうか配慮いただきますようお願い申し上げます。

・出入りの際にドアの開閉は静かに行う

・屋上利用は時間を守る（七時から二十時まで）
・廊下や階段を通行する時は騒いだり飛び跳ねるようなことはしない
・ドアから顔だけ出して通行者などに視線を向けるような行為は絶対にしない
・目が合っても見えなかったふりをする（でないとついて来ます）

不審な行為に遭遇した場合は、自室ではなく大通りの明かりの点《つ》いている店舗に避難してください。また、交差点の交番は無人の場合があるのでご注意ください。

当ハイツの入居者様全員が快適に過ごせるよう、ご理解・ご協力の程、あらためてお願い申し上げます。

［連絡先］
有限会社ＨＫＨソリューション
城東管理部　斎藤
（TEL:080―■■■■―■■■■）

【筆者メモ】

プロット改善に取り掛かっていた二〇二二年十一月、モチベーションを高めるためにネットを漁っていたところ発見した怪文書。黒塗りの箇所は筆者によるものではなく、元々の画像データに施されていたものになる。その他情報を調べてみたものの詳細は不明。

かなり味わい深い完成度で、思わず保存してしまった。

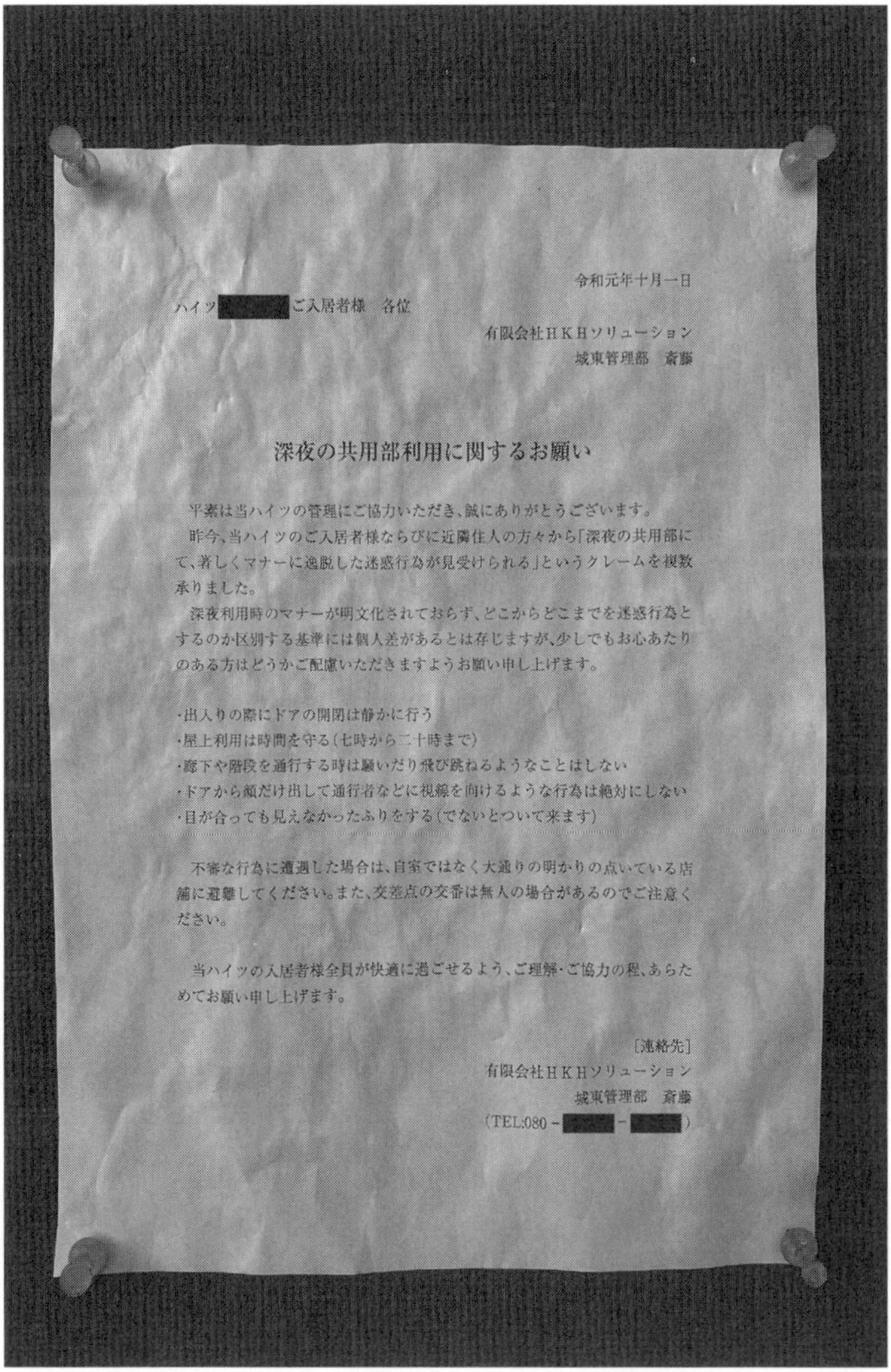

令和元年十月一日

ハイツ[redacted]ご入居者様　各位

有限会社ＨＫＨソリューション
城東管理部　斎藤

深夜の共用部利用に関するお願い

平素は当ハイツの管理にご協力いただき、誠にありがとうございます。

昨今、当ハイツのご入居者様ならびに近隣住人の方々から「深夜の共用部にて、著しくマナーに逸脱した迷惑行為が見受けられる」というクレームを複数承りました。

深夜利用時のマナーが明文化されておらず、どこからどこまでを迷惑行為とするのか区別する基準には個人差があるとは存じますが、少しでもお心あたりのある方はどうかご配慮いただきますようお願い申し上げます。

・出入りの際にドアの開閉は静かに行う
・屋上利用は時間を守る（七時から二十時まで）
・廊下や階段を通行する時は騒いだり飛び跳ねるようなことはしない
・ドアから顔だけ出して通行者などに視線を向けるような行為は絶対にしない
・目が合っても見えなかったふりをする（でないとついて来ます）

不審な行為に遭遇した場合は、自宅ではなく大通りの明かりの点いている店舗に避難してください。また、交差点の交番は無人の場合があるのでご注意ください。

当ハイツの入居者様全員が快適に過ごせるよう、ご理解・ご協力の程、あらためてお願い申し上げます。

［連絡先］
有限会社ＨＫＨソリューション
城東管理部　斎藤
（TEL:080－[redacted]－[redacted]）

ホラーものを好む私としては、これが本当にどこかのアパートの掲示板に貼られていたのなら、それはもうワクワクしてたまらなくなる。しかし、もしも誰かの創作物だったと判明したらがっかりするのかというと、別にそうでもない。むしろそれはそれで構わなかった。

なにせ、これを作成した人物は〝恐ろしさ〟の核となる要素に「顔」や顔から発生する「視線」というものを据えている。意識的なのか無意識的なのかはわからないが、それは作成者が「顔」に本能的な恐怖を見出しているということに他ならない。

普通に生きていれば触れないことはないくらい毎日触れていて、あまりに触れすぎて意識することもない程のものなのに、それでも恐怖の対象物となりうる。

やはり「顔」はモチーフとして優れていると言えよう。

だからこそ、ふと思った。

自分が思いつくくらいなのだから、すでに先人も思いついているのではないか。

「顔」をモチーフとしているホラー小説を探してみるが、あるにはあるが想像していたよりも少なく、なおかつ『日常生活に溶け込んだ怪異』という切り口のものは見当たらない。そこがどうにも不思議だった。

そういえば、どういう経緯で編集部の「禁忌題目」リストに、『日常生活に溶け込む「顔」の怪異』がリストアップされる運びになったのだろうか。

何もないのに禁忌題目リストに入るはずはない。
何かあったからこそ、それが禁忌となる。
一体、過去に何があったのか。

◆　友人作家とのやりとり2

2022/10/26
K：ま、戸締まりしっかりしとけばいいっしょ（15:54）
八方：そうだね（16:12）

——新たなメッセージを受信しました——

2022/11/12
K：［写真が送信されました］（21:54）
K：［写真が送信されました］（21:55）
K：おーい（21:55）
K：寝てんのかーい（21:55）

2022/11/13
八方：ごめん、普通に寝てた（05:12）

八方：なに、飲んでたの？　私もいきたかった（05:12）
K：就寝も起床も早くてウケる　老人かよ（08:01）
八方：うるせ〜〜〜（08:39）
K：実は[redacted]の担当さんと飲んでた　打ち合わせ兼ねて（08:40）
八方：編集との飲みって本当に存在するの？（08:45）
K：えぇ……　どうした　どういうこと（08:55）
八方：私の担当編集、「緊急事態宣言明けたら飲もう」って言ってたのに、明けたら明けたで「まん延防止明けたら飲もう」に変わって、それも明けたら「機会あったら飲み行きましょう」とすら言われなくなったんだけど（09:15）
K：それは単純にお前と飲みたくないんじゃない？（09:19）
八方：（殺意を表す顔のスタンプ）（09:26）
K：それでさ、担当べろべろに酔わしたらちょっと分かった（09:30）
八方：なにが（09:35）
K：禁忌題目リストのこと（09:35）
八方：本当に？（09:36）
K：あれ、結構しっかりいわくつきのモノらしい（09:36）
八方：どういうこと（09:36）

Ｋ：俺も飲んでたから全部は覚えていないんだけどさ、（09:37）

Ｋ：リストの中には「中東の宗教文化に批判的なもの」があって。なんでリストに入ったかっていうと、かつてそれを扱った著者が向こうの関係者を怒らせて、著者が何者かに殺されちゃったからなんだと（09:38）

八方：（戸惑いを表す顔のスタンプ）（09:38）

Ｋ：あと「２００５年の鎌場《かまば》議員の死について」。ある利権団体の解体推進派だった議員が、部屋で首切って一滴の血も零《こぼ》さず自ら車を運転して橋の欄干の隙間から落ちて死んだのに、事故死処理されたやつ。闇深い系だな（09:39）

八方：（思案を表す顔のスタンプ）（09:40）

Ｋ：あと、過去に訴訟問題に発展したからとか、人権屋云々《うんぬん》のとかもあったかな？　いくつか教えてもらったんだけど忘れたわ。酒も入ってたし（09:40）

八方：えっ　扱っちゃいけないってのは（09:40）

八方：普通に危険だからってことなの？（09:40）

Ｋ：だな。マジでガチなやつでびっくりしたわ（09:41）

八方：いや、それさ（09:43）

八方：本当だったとしても、おかしくないかな（09:43）

Ｋ：おかしいって？（09:44）

八方：そういうのと『日常生活に溶け込む「顔」の怪異』が同列にリスト入りしてるの、おかしいでしょ。カルト団体関連が実害あって危ないのは分かるけど、怪異なんて実在しないものを扱いNGにする理由はないじゃん（09:47）
K：ああ、そういうことな（09:48）
K：そっちは実はわかってる（09:49）
八方：もうわかってるの？　教えてよ（09:49）
K：藤石宏明《ふじいしひろあき》だよ（09:49）
八方：誰それ（09:49）
K：お前、マジで知らない？（09:56）
八方：うん　有名なの？（09:56）
K：うわマジかよ『殺人短編集』とか読んだことねぇの？　中学の時とか貸さなかったっけ？　てかお前、あの名作家の作品を避けて作家してるとか逆に凄いな。ちっとは他人の作品に興味持てってての（09:58）
八方：お小言はいいから。それで、その人は作家なのね？（10:00）
K：レジェンド作家だよ。十年くらい前に断筆して失踪《しっそう》しちまったけど（10:00）
八方：え、なんで（10:00）
K：当時から色々推測はあったけど、結局はわかんね。というか本人以外わかりようないっしょ。鋭意新作執筆中って発表はされてたのにさ（10:02）

八方：行方不明になってるの（10:03）

K：ああ。それで、俺の担当。当時藤石宏明を担当してた編集と仲良かったとかで、いろいろ聞いてたらしいんだよ。藤石宏明が失踪前に準備してた新作はホラー短編集の続編だったとか、最終話に何を書くか珍しく直前まで悩み続けてたとか（10:03）

八方：うん（10:03）

K：藤石宏明、失踪前……どんな話を書こうとしていたと思う？（10:04）

八方：なにその突然のクイズ形式（10:05）

K：ホラー短編集のトリだし、特別禁忌感があるのを書きたがってたって（10:05）

八方：え、まさか（10:05）

K：そう。『日常生活に溶け込む「顔」の怪異』の話だったんだと（10:06）

八方：うそ、同じじゃん、本気で言ってる？（10:08）

K：当時からすでに「禁忌題目」のリストに入ってたけど、それを知った藤石宏明はむしろ燃えちゃってさ。その話で許可が出ないならもう完成させないって言って編集部側を無理やり折れさせたんだとさ（10:10）

八方：え、でも結局は、出版されてないんだよねそれ（10:11）

K：そりゃそうだ。断筆宣言出して失踪したんだから（10:11）

K：そんな昔のトラウマがあるから、編集部も頑《かたく》なにＮＧ出すんだろうな（10:11）

八方：これってさ、ヤバいよね（10:16）
K：ああ、ヤバイな（10:16）
八方：めっちゃ、ワクワクしない？（10:16）
K：(激しく共感を示す顔のスタンプ)（10:16）
K：だろ？　担当からそれ聞いた時、俺もう声上げて爆笑よ。展開として楽しすぎだろこんなのさ。そのネタで書こうとしたら頭がおかしくなったりでもするのかね？　いやマジでお前書けなかったらすぐ言えよな、俺に書かせろよ（10:17）
八方：いや、絶対私が書く　何が起こっても書ききるから（10:18）

◆ 藤石宏明の現在は？　謎多き断筆騒動・経歴や作品をまとめてみました

コメント：7　View:3721　作成者／izawa

稀代《きたい》の速筆家として有名だった小説家・藤石宏明さん。藤石宏明さんの経歴、代表作品一覧、断筆騒動の真相の考察、事件後の現在をまとめました。

この記事の目次［非表示にする］

藤石宏明の経歴
藤石宏明の作品一覧
藤石宏明断筆騒動とは
藤石宏明の担当編集者らが懸命に捜索
藤石宏明の断筆騒動の真相を考察
藤石宏明の現在
藤石宏明のまとめ

出典：noveldb/ha-ho.net

［藤石宏明］
本名：松藤誠《まつふじまこと》　生年月日：1975年1月24日

出身：京都府　身長：１７８cm
活動時期：１９９６年〜２００９年
藤石宏明さんは00年代に活躍したミステリー作家。速筆家として有名で出版ペースが速く、また作品の映像化を行われていることも多いです。２０１０年１月に「断筆する」と言い残して、突如失踪してしまいました。関係者が捜索するも現在も見つかっておらず、消息は不明です。

◇藤石宏明の経歴
藤石宏明さんは、京都府出身です。大学は法政大学文学部卒業。第十七回ジュブナイル大賞にて五年ぶりに大賞に選出された「まひるの夢」により作家デビューをしました。作家デビューをしたのは１９９６年で、大学在籍中のデビューとなりました。ミステリー、恋愛、ホラーなど幅広いジャンルの作品を手掛けており、代表作の一つである『言問橋《こととい ばし》にて』では藝文《げいぶん》賞候補に選ばれて話題となりました。速筆家でありながら執筆はアナログ派。最多時には年間７冊もの作品を刊行するなど、コンスタントに小説を発表し続けていた藤石宏明さんは、２０１０年１月に失踪しました。

◇藤石宏明の作品一覧　出典：amazone.com
藤石宏明さんの作品を見ていきましょう。

まひるの夢：1996年　／　まひるの夢Ⅱ：1997年　／　コマドリ殺し：1997年　／　まひるの夢Ⅲ：1999年　／　滅びゆく孤島：2000年　／　奴隷共よ：2000年　／　イラストレイター：2000年　／　殺人短編集：2000年　／　ヴァンパイヤシャドー：2000年　／　まひるの夢完結編：2000年　／　ブラッククイーンは罪の味：2000年　／　左足の行方：2001年　／　円心城は誰のもの：2003年　／　ビターオカルト：2004年　／　続殺人短編集：2005年　／　ビターオカルト2：2005年　／　ビターオカルト3：2006年　／　まひるの夢完結編Ⅱ：2007年　／　言問橋にて：2008年　／　少年とミシェル：2008年　／　関東怪奇譚《たん》：2009年

藤石宏明さんの作品は、幅広いジャンルのものがそろっています。

◇藤石宏明断筆騒動とは

藤石宏明さんは2010年1月19日に失踪しました。東京都新宿《しんじゅく》区在住だった藤石宏明さんは、失踪前日の14時半まで千代田区の出版社にて『関東怪奇譚』の続編の打ち合わせがありました。普段よりも情緒不安定だったようですが、「遅くとも月末頃には最終章まで書き上げられるだろう」と担当編集者と話しておりました。

その翌日の早朝、藤石宏明さんは担当編集者の携帯電話に「断筆する」という留守番電話のメッセージを残して、そのまま行方がわからなくなっております。

◇藤石宏明の担当編集者らが懸命に捜索

藤石宏明さんはその筆の速さから複数の出版社と新作の話をしており、中には出版目前となっているものも多かったようです。留守番電話のメッセージを聞いた[redacted]の担当編集者である二宮《にのみや》さんは業界関係者に連絡して、藤石宏明さんの行方を捜しました。その後、連絡がつかないことから麹町《こうじまち》署に捜索願を提出しました。

有志により作成された捜索用ポスターは、次のような特徴が記入されております。

・身長：１７８cm
・少しやせ型
・手足が長く猫背気味
・うねりのある癖毛
・声が高く、ぼそぼそと喋る
・関西の訛《なま》りが混ざる
・失踪時の服装は、茶色のジャンパー、白いシャツに黒いズボン、眼鏡、スニーカー
・失踪時の持ち物は、現金、ボールペン、手帳、タバコ、ライター

藤石さんに関係のある場所などでポスターを張る、チラシを配るなどし、必死に行方を捜しました。
また、ブログを開設して情報提供を求めています。ブログのタイトルは「藤石宏明を見かけませんでしたか」です。ブログは２０１２年10月24日の更新が最後となり、２０１４年３月にプロバイダーのサービス終了に伴って閲覧出来なくなりました。

◇藤石宏明の断筆騒動の真相を考察
藤石宏明さん断筆騒動の真相を考察していきます。

引用：bewinginfo/maronmountain/diary/
最後の打ち合わせを応対した担当編集者によると、藤石宏明さんは次回作の最終章として「人間の表情」をモチーフにしたホラー短編の執筆に取り掛かっておりました。
打ち合わせの際には怯えてしきりに周囲を確認しており、まるで誰かに追われているかのような印象を受けたそうです。ただし近所に住んでいた親族は「何かトラブルを抱えていたとは思えない」と話していたそうです。
担当編集者の留守番電話には断筆する旨のメッセージが入っておりましたが、誰かに向かって話しかけているような素振りや、何かが燃えているような音と、カラスの鳴き声らしき音が録音されていたようです。

引用：j-newsarchive/201003/dkjcstn

藤石宏明さんの自宅には鍵《かぎ》が掛かっておらず、書き置きには乱れた文字で「もういやだ」「ゆるしてください」等と書かれておりました。

室内が荒れていたことから、なんらかの事件に巻き込まれた可能性も考えられましたが、藤石宏明さんの自宅には本人以外の指紋や毛髪などはありませんでした。

後日、藤石宏明さんの携帯電話と見られるものと燃やされたと思われる原稿用紙の破片らしきものが小湊鉄道線馬立《うまたて》駅近くの空き地で発見されましたが、その後の足取りは不明です。

引用：gazouuploader/vnahufak/fujiisi.jpg

藤石宏明さんが失踪した直後の自宅だとされる画像が、２０１３年頃からネット掲示板に出回っております。

画像に写っているのは、窓のある六〜八畳で書斎のような雰囲気の洋室です。壁紙が剝がされて、書類やゴミなどで部屋の中は荒れ果てた状態になっております。

床や机には大量の白い粉が撒《ま》かれています。一節によるとこれは違法薬物であるとも、天井の素材の破片とも、ただの塩であるとも噂されております。

画像右手の隅には映像化もされた『ビターオカルト』の主人公の等身大マネキンも置いてあります。こちらは販促物として作製された非売品です。何故か頭の部分は白い布で覆った上で紐《ひも》で縛られています。

この画像は本当に藤石宏明さんの部屋であるということが確認されておらず、第三者が作ったフェイク画像である可能性もあります。

藤石宏明さんは、失踪する一ヶ月前までは家族や友人と出かけたり、部屋も整頓《せいとん》されていたようで、変わった様子はなかったようです。

そこから失踪するまでの一ヶ月間で室内が荒れ果ててしまうなど、かなり精神的に不安定になっていたのではないでしょうか。

担当編集者との打ち合わせを終えた直後に断筆宣言をしたことから、執筆活動に行き詰まっていたことも考えられます。

◇藤石宏明の現在
藤石宏明さんは２０１０年１月19日午前7時に小湊鉄道線馬立駅前で目撃されたのを最後に、今もなお行方不明の状態が続いています。藤石宏明さんの現在も調べてみたところ、安否も不明のままとなっており、その消息はわかりませんでした。

◇藤石宏明のまとめ
いかがでしたでしょうか。藤石宏明さんの経歴や作品一覧、断筆騒動と関係者による捜索、断筆騒動の真相の考察、現在をまとめました。藤石宏明さんのような面白い小説を書ける方が

失踪してしまったのはとても残念です。早く見つかるといいですね。

【筆者メモ】

Kから話を聞いた後に、私は藤石宏明氏について調べてみた。

そして一番情報量が多かったのが、やや雑さを感じさせるこのまとめサイトだった。

著作のことであればまだしも、十年以上前に失踪してしまった上に、ＳＮＳなどもやっていなかった作家の個人情報を調べるとなると、かなり困難だった。

◆ 二〇〇九年十一月第二週に放送されたラジオ番組のCM

［才人たちの化学反応］

（ジングル曲開始、MC里中景子《さとなかけいこ》が喋りだす）

全く別の分野で活躍する二人の才人を招いて語り合ってもらうこの番組。なんといっても今週はスペシャルウイーク！　スペシャルゲストは、この才人のお二方！

ジャンルを飛び越えた作品を業界最速のスピードで生み出す！

【ベストセラー作家　藤石宏明】

（男性の声）「ども、作家の藤石と申します」

相談予約は三年待ち!?　極上の人生をクリエイトする

【ライフ・キュア・プロダクト　代表　波導《はどう》エリ】

（女性の声）「はじめまして、波導エリです」

（MC里中景子）今をときめくお二人が本音のガチンコトーク！

（波導）「藤石さんの作品には共通した死生観を感じていて」

（藤石）「――え、そんなら僕も特別優先予約お願いしても？」
（波導）「参考になる体験談、多分私いっぱい持ってますから」
（藤石）「いやこれ、ほんま丸裸にされとる気分になりますね」
（波導）「やっぱり一番大切になるのは、顔ですね」
（藤石）「顔ですか⁉　心なんかとちゃうんすか⁉」
（複数人の笑い声）

どんな素敵な化学反応がみれちゃうのでしょうか？
才人たちの化学反応、今週土曜日十八時より！　皆さんお聴き逃しなく！

【筆者メモ】
藤石宏明氏を調べていた最中に見つけた副産物。本放送はいくら漁っても出て来なかった。残念。ただ、彼の話し方は明朗で、これから数ヶ月後に失踪する人間とは思えない。

◆　二〇〇六年発売『人生が見違える!!　波導エリの最強おまじない』

［207P］

《最強おまじない　その7》

人生が劇的に大変革！　運命の神様を引き寄せる……『水垢離《みずごり》開眼冥想《めいそう》』

スピリチュアルパワー：☆☆☆☆☆☆☆☆☆☆

最後のおまじないは気軽に始めては駄目。皆様の中には早く効果を実感したいから一番強いおまじないから始めてしまう方もいるでしょう。だけど駄目なの。今まで紹介してきた、《その1　肯定呪文《じゅもん》読経》から、《その6　廻転《かいてん》再生断食》のどれも効果を実感できなかった、深い苦悩やカルマを背負う方だけにして頂戴ね。

なんといってもこの水垢離開眼冥想はあまりに効果が強力。もともとは密教にルーツを持った高名かつ偉大なスピリチュアル・スタディ・グループにのみ秘密裏に受け継がれていた特殊な技法だから当然な話なのだけれど。

これに成功した人は、まさに生まれ変わるわ。

運勢は驚いちゃうくらい好転するし、全ての逆境は高みに到るためのステップでしかなくなって、最終的には愛もお金も名誉も何もかも、あなたが望んだものを得られるの。まさに運命を切り拓《ひら》き、自分が送るべき人生を得る最強最高のおまじないね。

やり方はそれほど難しくない。

1　お風呂に常温の水を張り、その中に粗塩と清酒を小さじ一杯ずつ入れてかき混ぜる
　Ｐｏｉｎｔ！　お風呂が難しい場合、顔が入るくらいの大きさの桶《おけ》でも大丈夫よ♪

2　水の中に身体全体をまんべんなく浸す
　Ｐｏｉｎｔ！　桶で行う場合は、顔全体を浸してね　塩の量はうまく調節！

3　水の中で目を開けて、十秒数える
　Ｐｏｉｎｔ！　塩水が目に染みるけど、まばたきをしてしまったらやり直しよ

4　目を開けたまま、そっと顔を水の中から出す
　Ｐｏｉｎｔ！　この時、絶対に顔をぬぐったり拭《ふ》いたりしないよう注意ね！

5　目を開けたまま真上を向いて、一点をじっと眺める
　Ｐｏｉｎｔ！　この時、視界がぼやけていればぼやけているほどＧｏｏｄ

6　そのまま運命の神様の見えない顔が自分のことを見ていることをイメージ
　Ｐｏｉｎｔ！　あくまでイメージ。本当に見えてしまったら失敗よ

7　目を開け続けて限界が来たら目を閉じてOK。これを3セット行う
　Ｐｏｉｎｔ！　身体に運命の神様のパワーを感じたら、それで成功！

一度成功しさえすれば、もうこのおまじないをする必要はないわ。効果は死ぬまでずっと続

くってワケ。そう考えたら、これくらいの工程なんて楽勝でしょう?

あなたという物語の主人公として、人生を謳歌《おうか》して頂戴ね。

☆NEXTPAGE☆
豪華付録の《超絶開運アイマスク》のスピリチュアルパワーを大・解・剖!


【筆者メモ】

波導エリなる謎の人物を調べてみたところ発見。前項では実業家のような紹介のされ方だったが、芸能界に出たての頃はこんなこともしていたらしい。

しかし、これも『自分にしか見えない顔』の刺激になった。

「顔」を恐怖の対象だとは捉えておらずむしろ良いものだとしているため、少々趣が違ってしまうものの、それはそれとしてどうかしている感じが興味深い。

思わせぶりでそれっぽさを煮詰めたような内容。何を参考にしたのだろうか。馬鹿馬鹿しくもあるが、酔っ払っていたり気の迷いがあったら試してしまいそうな塩梅《あんばい》に笑ってしまう。きっと当時、本気でやってみた人もいるのではないか。

2000年代はまだ私も子供だったが、明確なスピリチュアル・ブームがあった。

テレビを点ければ「霊能者や占術師による人生相談」だとか「開運パワースポット巡り」だとか、全部が全部とは言わないが、現在の感覚では少々考えられないようなトンデモな内容も決して少なくなかったように思える。

そこからほんの一昔前、エンタメとして消費したカルト団体がとんでもない凶悪テロ組織だったことなんて、すっかり忘れてしまったかのような雰囲気さえあった。

やはり人は、神秘の香りがするものに惹かれてしまうものなのか？

ちなみに本記録の発行元は「上総光相会《かずさこうそうかい》」。

聞き馴染《なじ》みのない社名だが、いかにもな名前でないか。

最強法則BOOK 2006
幸せに恵まれるには
こうすれば良かった!!
あの天明一相占術大伝道師が教える
簡単!!お手軽!!…なのに、効果絶大!!
最高の人生の見つけるための奇跡のメソッド
ミラクルライフを切り拓く
「七つのおまじない」
※編集部にて画像に一部加工を施しております
人生が見違える!!
波導エリの
最強おまじない
★皆に好かれる私になる　ハッピーメイクの法則
★ミラクルリッチを実現する　金運上昇財布の作り方
★大当たりを手に入れる 悪用厳禁 ㊙宝くじ必勝法
★願いごと別パワーストーン組み合わせ&相性早見表
夢見る力がハッピーを呼ぶ!!
豪華付録
☆超絶開運☆
アイマスク

◆一九九九年に解散した新興宗教団体の機関紙
[光相《こうそう》の導《みちび》き　活動報告書　平成十一年春号]

・修行報告　支部近隣の清掃

冬の寒さも随分と和らいできましたね。審判の日まであと少しとなることから、三月十七日は息子と共に御仲間様方と駅前清掃に励んでまいりました。入信より日の浅い御仲間様に清掃修行の大切さを真に理解していただくために、我らが天祖様の真言を参照しました。「万事も一歩から」。愚かな我々は御神貌《ごしんぼう》を感じられずとも御神貌はそこにあり、我々の小さな行動一つ一つの積み重ねによって見守ってくださるようになるでしょう、と。その成果もあってか皆様精力的に励まれており、放られているごみを拾う動作一つにも力が入りました。修行が進むにつれて、通りがかりのお子様に「何してるの?」と問われました。「私たちは自分たちの運命を切り拓くための修行をしております」とチラシを渡すと、お子様は不思議そうにしておりました。その日がくれば私たちの言葉を思い出し、きっとあの子の助けとなるでしょう。息子も同じ思いだったのか、何度も頷いてくれます。全ての人々に御神貌の御加護がございますようにとお祈りさせていただくと、私は胸の中が熱くなりました。審判の日まで一歩ずつ進みます。ご参加いただきました御仲間様の皆様、ありがとうございました（流山《ながれやま》支部・祢津）

・今後の日程

（宇和水《わみず》本部ホールB）
「定期集会　導きある人生」
四月〜六月　毎週土曜日　十時半より
　到達者の柴田《しばた》先生、本部修行生の赤羽《あかばね》チーフが参加されます
（蒲田《かまた》支部）
「心身ともに健康になろう　なんでもお悩み相談会」
五月十五日（土）　三十日（日）　両日十三時より
アドバイザーの木山《きやま》さん、佐藤《さとう》さんが参加されます
入信者以外も参加できます　お誘い合わせのうえ、こぞってご参加ください
（給田《きゅうでん》支部）
「第九回　しあわせフリーマーケット」
　五月一日（土）十時〜十六時
　丸石《まるいし》本部長の講演会は十三時に開始予定です
　お手伝いくださる御仲間様は鈴木《すずき》支部長にご連絡願います
（大宮《おおみや》記念館　会議場）

「審判の日を前に　大修行実践セミナー」
六月一日（火）十四時から
我らが天祖であり大指導者　天見幸甚《あまみこうじん》様の御言葉を頂戴できます
到達者　副島《そえじま》先生、波多野《はたの》先生、町田《まちだ》先生が参加されます

・修行のいろは
昨今、修行を正式な手順を踏まずに行う不届き者がいるという噂がございます。我らが天祖の方法から外れたものは全て邪道であり、改心せぬ者は審判の日を前にして必ず無間地獄に落ちることになります。もしも修行方法に悩みがある場合は必ず修行教本を読むか、近隣の本部マネージャー、支部長にご相談ください。（本部・高田《たかだ》）

・お知らせ
（おめでとうございます）
横浜《よこはま》支部修行生　仲《なか》チーフが断眠修行にて成功し、到達者に相成りました
今後は本部研修を経た後に到達者として活躍いただきます
なお、横浜支部から到達者が生まれたのは初めての事となります
仲先生、本当におめでとうございます

（おつかれさまでした）
柴又《しばまた》支部の修行生　小田切《おだぎり》チーフが水面禊《すいめんけい》修行にて卑視者と相成りました
去る二月二十五日に入寂されました　翌世での成功をお祈りいたします
小田切チーフ、本当におつかれさまでした

・最後に
御仲間様の皆様には、普段の日常や修行中に感じたことなどの体験談を募集しております。

次回、最終号の予定となります夏号は六月二十日頃の発行予定となっております。

それでは明日も、自分たちの運命を切り拓くために頑張ってまいりましょう。


【筆者メモ】

前項の「上総光相会」について調べていたら発見。

そもそもこの「上総光相会」は宗教団体「光相の導き」のパンフレットや教団冊子、機関紙などの発行を専門とする会社だった。もちろん「光相の導き」の下部組織である。専門用語ばかりでその内容を正確に読み取れない部分が多いものの、なかなかに刺激的ではある。

「光相の導き」は真言密教の信徒であった天見希喜《きよし》が宇和水と称される聖地にて神託を受けたことから発足した、いわゆる新興宗教団体だったようだ。様々な修行（簡単なものから命を落とすほどの過酷な苦行まで）によって解脱を目指して来たるべき終末に備え、その信徒のお決まりの文句は「（自分たちの）運命を切り拓く」というもの。

興味深いのが「御神貌」という名の独自の信仰対象が存在するのだが、その正式名称も、どういう姿でどんな謂《いわ》れがあるのかも、いくら調べても出てこなかったことである。偶像崇拝の禁止令でも敷かれていたのだろうか、ただその存在を感じることだけが許されていた（そしてなおかつ、唯一の目標だった）ように見受けられた。

なお、この「光相の導き」は、一九九九年の冬頃に解散している。

以前から過酷な修行によって死者が出ていたことで問題視されていたところ、同年八月初旬に三代目教祖だった天見幸甚が自殺、その後組織体を保てずに一気に崩壊していったようだ。ただ、一九九九年の冬に「光相の導き」が解散したとすると、おかしなことになる。

前述の通り、「光相の導き」の下部組織である「上総光相会」は二〇〇六年になってから一般向けのムック本を出しているのだ。

遺志を継いだ残党が、違う形で再起を図ったのだろうか？

しかしそれにしては『人生が見違える!!　波導エリの最強おまじない』だなんて、この「光相の導き」のニュースレターとはあまりに芸風が違いすぎる。違いすぎるのに、「光相の導き」と同様に（もしくはそれを参考にして？）修行じみた事を推奨している。

そして「御神貌」。これは、神の貌（かお＝顔）と読めないか？

藤石宏明はもしかすると、二〇〇九年に対談した「波導エリ」なる人物のバックボーンと思われる、この「光相の導き」から何かインスピレーションを得たのではないだろうか。

そして後は書き上げるだけの所まで来ていたのに、失踪した。

これは一体、どういうことなのだろうか？

なんとも言えない面白さをＫにも共有しておく。

◆あなたの運命を切り拓く！　志愛和世セミナー　参加者の声　Vol.32

起業から一年で年商二億円を達成、二年目では三億円を突破する見込みとまさに破竹の勢い。「人と人との結びつきこそが世界を動かす原動力」という経営観点から、常に現場に立ち続ける彼の「志愛和世《しあわせ》」は、どのように始まったのでしょうか。

【本日の語り手】
株式会社　ワールドワイドエコマトリクス
代表取締役社長　千田《せんだ》　景太郎　様（28）

――これを言うと皆に驚かれるのですが。私、幼い頃から内気な性格だったんです。人の顔なんてろくに見て喋れないし、そんなですからどうにか新卒で入社した会社でも全く期待されていないポジションで。そんな駄目な自分を無性に変えたくなって、セミナーに飛び入り参加させてもらったのが２０１７年の初夏のことでした。

あの時あのタイミングで門を叩《たた》いたのはまさに人生のターニングポイントですよ。まあ前情報無しで二之目行が始まったので、それはもう大層驚きましたが（笑）

そこで何より私が感銘を受けたのは、仲先生の「恐怖に打ち克《か》つ必要はない、恐怖を受け入れる度量こそ大切」という教えでした。目からウロコでした。抗《あらが》うのは苦手ですが、受け入れるのであれば私にも出来るんじゃないか、と。

　その日からです。それまでのしがらみを全て放り捨てて、セミナーの皆さんと修行に明け暮れましたよ。中には途中でリタイヤしてしまう方もいましたが、私はその最中には波導先生と直々にお話しさせて頂く機会を得ました。私の姓名の組み合わせが良くないとのことで、過去を断ち切りたかった私は先生に新たに名字の名付けをお願いし、本当にすぐにその足で変更の諸手続きに奔走する、なんてこともありました。

　心境の変化があったのはセミナーに入り浸って二年ほど経ったある夏の夕方です。その日は酷い台風がようやく過ぎ去った直後で、まるで空間から数多の構成物を洗い流したような、空虚さと清々《すがすが》しさを覚える、そんな夕焼けの光景に見とれていたのです。

　唐突に、確信に近い予感を覚えました。

　これだ、と思い私はその場で目を閉じて待ちました。気配は私の背中まで近づき、やがて長い時間をかけて遠ざかると、私の身体の細胞ひとつひとつが隆起するかのような活力が漲《みなぎ》ってくるのです。これまでの私が完全に死に絶えていくのをはっきりと感じました。そしてその後に、ああ、私もついに運命を切り拓いた、と。

　そうして私はセミナーを卒業し、起業に踏み切りました。いや、準備万全とは全く言えない状態でしたよ。ただ、本当に微塵の迷いも憂いもなかったです。これは先人様方が仰《おつしや》っていた通りですね。自らが進むべき道をシームレスに進んでいく不思議な快感。必ず成果に繋がるのですから、苦労や挫《ざ》折《せつ》なんて良いスパイスです。

あの日以来、私の人生から〝飽き〟の時間は消え去りました。

一分一秒一瞬をも無駄にせずに一年と九ヶ月、気がついたら「ああ、このくらいのランクまで来ていたのだな」というような感覚です。

もちろんここがゴールだなんて思っておりません。これからも終わりなき挑戦を死ぬまで続けていくことになるでしょう。それは、私が望んでいた「充実した人生」です。

私が今のように変わるチャンスを与えてくれた志愛和世セミナーの皆様には、何度お礼を言っても足りません。波導先生、仲先生をはじめとした会の皆様、本当にありがとうございます。どうか皆々様にも御神貌の導きがありますように。


千田社長、素敵なご感想をありがとうございます。

それでは皆様のご参加を、心よりお待ちしております。

Pioneering Destiny, Inc.　代表　波導エリ

【筆者メモ】

波導エリは直近で何か活動しているのだろうかと気になって調べたところ、こんなホームページを発見。おそらく二〇二一～二〇二二年頃に更新されたものと思われる。

コロナ禍も真っ只中《ただなか》だった時期にもかかわらず、こういった類のスピリチュアルなセミナー

の運営をしていた。当時のご時世に合わせていち早くオンライン形式での開催も踏み切っていたらしく、その商魂の逞《たくま》しさを見て取れる。会社の名前が「ライフ・キュア・プロダクト」じゃなくなっているのも、やや気になるところではある。

そしてこの文章を読むに、その活動内容はすでに解散した「光相の導き」とあまりにも類似している。前々項の『波導エリの最強おまじない』だけでなく、ここでもやっていることは同じなのだ。少し前に流行ったマインドフルネスの亜種的なエッセンスも加わえてこそいるが、その主軸は「修行を通じて特殊な精神状態を保てるようにすると、人生が上手くいく」という単純明快なストーリー。

その時その時で芸風を変えたりはしているようだが、結局のところ波導エリがやり続けていることは「光相の導き」を焼き直した商売のようだ。ただ怠惰でワンパターンになっているのか、それともそのメソッドを流用することに特別な拘《こだわ》りでもあるのか。

いずれにせよ金を稼ぐだけが目的であれば、ありがたい壺《つぼ》だとかの品物を買わせた方が手っ取り早そうな気がするのだが、何故か集金行為に熱心な様子は見当たらない。セミナー参加費だって相場よりもかなりお手頃価格で、中には子供のお小遣い程度で参加できる会まであったらしい。波導エリ、一体何者なのだろうか。

◆転職情報サイト・皆の転職口コミ情報より

[株式会社　ワールドワイドエコマトリクス]　東京都江東区《こうとう》南砂《みなみすな》8−1−17
環境・リサイクル業　総合評価：☆☆★★★★★★★★　[2.1/10]

・[元正社員　新卒入社]　20代後半・男性・営業
金銭的な待遇に惹かれ、新卒で入社。同期は十五人いたが、仕事のハードさで入社三週間ももたずに九割方が退職。毎年そうらしい。新入社員にすら容赦なく異常な量の仕事を振り分けてくる。目に見えるパワハラなどはないが、泊まり込みでの勤務や休日返上などが常習的に行われるブラック企業。こんなところにいたら遅かれ早かれ身体か心を壊すと思う。

・[元契約社員]　20代前半・女性・一般事務
給与面は優れていますが、ワークライフバランスは壊滅的です。普通の人はすぐに辞め、体力精神力ともに飛び抜けた人が生き残っている雰囲気。あと、社長が変な宗教？　にハマっているのか、各フロアに私の身長くらいある顔のオブジェがあって少し気持ち悪い。

・[元正社員　中途入社]　40代前半・男性・情報システム管理
利益を社員に還元する姿勢には好感を持てる。ただ売上構成のほとんどは、スーパーマンじみた超やり手社長の個人プレーによって成り立っている。あまりに仕事が出来るからか、社長は他人の気持ちにやや鈍い。社長に見込まれた社員は謎の社外勉強会に誘われるが、参加し続けると不安定になる社員が多かった。勤務中に幻覚が見えると騒いで急に退職をした者も。

・［元幹部クラス］　30代後半・男性・経営企画

経営者と昔から縁があり、立ち上げから参加。経営者は嘘偽りなく二十四時間常に仕事をしている。あまりに昔と別人過ぎて中身が入れ替わったのではと思うレベルだった。大きな利益は出るが、それがたった一人の人間離れした働きによって生まれるというのは、組織を運営していく上ではあまりにリスキー。改善策を提言しても受け入れられず。やがて当人が入れ込んでいる自己啓発セミナーに誘われたが、それがあまりに非現実的な内容だったことに辟易《へきえき》して退職を決心。後から聞けば、経営者は秘密裏に社員らをセミナーに勧誘していたらしい。そんなことをするから、どう対策しても社員定着率が悪いわけだと合点がいった。

【筆者メモ】

前項に出ていた企業について検索。お金のかかっていそうな公式ホームページからは読み取れることが少なかったが、転職情報サイトからは面白そうな口コミが。

このやり手社長があれだけ絶賛していた「波導エリのセミナー」は、社員たちにはかなり大不評だった模様。まあ、勤務先の社長に連れて行かれるセミナーなんて、社員からすれば断りにくいし面倒くさいし嫌がられて当然な気もするが。

というか、宗教色を感じる大きな顔のオブジェが各フロアにある会社とはなんなのか。そんなものがあったら仕事に集中できなそうだなと思わず笑ってしまう。

◆　友人作家とのやりとり3

2022/11/19
K：うわ〜波導エリ、時代の徒花《あだばな》みたいなやつだな（3:04）
K：そういや目の方は大丈夫なの？（11:19）
八方：検査してもらったけど異常なしだって　ただの飛蚊症（11:38）

——新たなメッセージを受信しました——

2022/11/20
K：修行なう（19:32）

K：［写真が送信されました］（19:32）
（注　水を張った浴槽の中、ずぶ濡れで真上を向くKの自撮り写真）

八方：（爆笑する顔のスタンプ）（19:33）
八方：どう？　運命の神様を引き寄せられそう？（19:33）
K：ああ、スピリチュアルパワーがたまってきた（19:34）

K：あと塩水で目が滲んでなんにも見えねェ（19:34）
八方：バカだ　バカがいる（19:44）

八方：修行なう（20:12）

八方：［写真を送信しました］（20:12）
（注　水を張った浴槽の中、ずぶ濡れで真上を向く筆者の自撮り写真）
八方：（爆笑する顔のスタンプ）（20:20）
K：お前もやるんかい！（20:20）

【筆者メモ】
『人生が見違える!!　波導エリの最強おまじない』、試してしまった。

◆水垢離開眼冥想　体験記

Ｋから送られてきたメッセージと馬鹿馬鹿しい自撮り写真を見た私は、ここ数ヶ月で一番の大笑いをしてしまった。そしてその後、考え込んでしまった。

『人生が見違える!!　波導エリの最強おまじない』、「光相の導き　活動報告書　平成十一年春号」の情報をＫに共有したのが一昨日のことになる。彼はそこから幾日も経たぬうちに、さっそくその〝おまじない〟とやらを試してみせた。

異様なフットワークの軽さ。

人並み外れたチャレンジ精神。

「面白い」ことに貪欲なその姿勢。

そんなＫの在り方こそが、彼が売れっ子作家たる所以《ゆえん》であり。そして先んじて情報を得ながらただ面白がっただけのこの受け身な姿勢こそが、私が弱小作家たる所以なのではないか、と。

彼は私と違って天才だから――。

そうやって思考放棄することは、とても簡単で気楽ではある。

私がいつからか無意識に抱くようになった、「彼に勝てなくても仕方ない」という心の中の免罪符。それが何で出来ているかというと、学生時代にＫが先んじて商業デビューを果たしたあの日からずっと積もり積もらせた、負け犬の諦観《ていかん》だった。

彼は成功者で、私は敗北者。

そこは確かに、純然たる事実である。

そうだとしても、仮にも私は――凄まじい作品を出してこの世に爪痕を残さんと息巻いていたんじゃなかったのか？　私は自問自答した。Ｋに負けないほどの凄まじい作品を生み出すと、口先だけでなく本気で思っているのなら、そんな腐った思考回路なんていの一番に切り捨てるべきだ。もっと涙でも汗でも血反吐《ちへど》でも撒き散らかして、全身全霊で知力と根性を振り絞って必死に駆けずり回らないでどうする。

そう。負け犬ならば負け犬なりに、死ぬ気で戦うべきじゃあないのか。

ふつふつと湧き上がる情動。

私は我慢できなくなって、部屋でひとり、雄叫びを上げた。

それはもう、大奮起だった。今の今まで飲み続けていたお酒の一升瓶とコップを放り捨て――ようとしたところで危ないし片付けも大変になるからそっと机に戻し、それから猛《たけ》る気持ちに突き動かされるままモニターを点けた。日々容量ばかり増えていく割には活用する機会を得られない資料フォルダに突っ込んだデータを開いて暗記する。

1　お風呂に常温の水を張り、その中に粗塩と清酒を小さじ一杯ずつ入れてかき混ぜる

Ｐｏｉｎｔ！　お風呂が難しい場合、顔が入るくらいの大きさの桶でも大丈夫よ♪

追い焚《だ》き機能のついていない築三十五年の古びた浴室、その小さな浴槽に蛇口を全開にして水をどぼどぼと入れ始める。お酒ならいくらでもある。さっきまで浴びるように飲んでいたのだし。むしろ塩のほうが困った。私は自分で料理などほとんどしないからだ。

押し入れの中を引っ搔《か》き回す。転げ出た小袋。塩だ。

大往生した曾《そう》祖父の葬儀の際に配られた、お清めの塩だった。

それを保管しているのもどうなのかと思うしそれを今使うのもどうなのかと思いつつも、しかし常識に囚われていてどうすると考え直してざっと中に振り撒く。ついで酒の方も、一度瓶から直飲みして惜しんだ後に、浴槽にもしこたまぶちこんだ。

2 水の中に身体全体をまんべんなく浸す

Ｐｏｉｎｔ！ 桶で行う場合は、顔全体を浸してね 塩の量はうまく調節！

乱暴に脱ぎ捨てた服と下着を放ったらかして、大きな深呼吸を一度したのちにドボンと身を沈める。十一月も下旬なので水の冷たさに「ぐわあ」という声が漏れる。酔っ払っていたのは僥倖《ぎょうこう》だった。もしもシラフであればここで冷静になっただろう。

3 水の中で目を開けて、十秒数える

Ｐｏｉｎｔ！ 塩水が目に染みるけど、まばたきをしてしまったらやり直しよ

首まで浸《つ》かったあとに肺を無理やりこじ開けて空気を溜め込み、顔を仰向けにしたまま身体を滑らせてしっかり鼻先まで水中に導く。揺れる髪から滲み出た気泡が水面へと逃げ出して行くのをぼやけた視界で見上げつつ、口の中で数えていく。

4 目を開けたまま、そっと顔を水の中から出す

Ｐｏｉｎｔ！ この時、絶対に顔をぬぐったり拭いたりしないよう注意ね！

七つの工程の中で何が一番辛《つら》かったかというと、意外かもしれないがこの目を開けたまま水中から顔を出す、というところだった。したたる水の雫がぽたぽたと目に流れ込んできて否応《いやおう》なしに眼球が刺激される。私は必死にまぶたを開き続けた。

5　目を開けたまま真上を向いて、一点をじっと眺める

Ｐｏｉｎｔ！　この時、視界がぼやけていればぼやけているほどＧｏｏｄ

水滴に刺激される度に涙まで滲む。世界はアトランダムに歪み、何もかもが曖昧《あいまい》になる。風呂場の灯《あか》りのぼんやりとしたオレンジ色くらいしか視認出来ない中で、首を伸ばして天井があるであろう方向をじっと見つめ続ける。

6　そのまま運命の神様の見えない顔が自分のことを見ていることをイメージ

Ｐｏｉｎｔ！　あくまでイメージ。本当に見えてしまったら失敗よ

この時、微塵も恐ろしさを感じなかったといえば嘘になる。何も起こらないことが頭では分かっていたって、こんな無防備な状態で何かがいることを想像したら怖くもなろう。そして今更思う。――見えてしまったら失敗、とはどういうことだ？

7　目を開け続けて限界が来たら目を閉じてＯＫ。これを3セット行う

Ｐｏｉｎｔ！　身体に運命の神様のパワーを感じたら、それで成功！

晒した肌は総毛立ち、首筋がぞわりとする。厭《いや》な感じがする。

しかし、それでやめる程度なら最初からやらなければいい。歪みに歪んで痛む視界の隅に、何かが潜んでいる妄想に駆られた。身じろぎで立った水音が誰かの呟きのように聞こえた。早

鐘を打つ自らの胸の鼓動、その音がうるさくて集中できない。

あれ、と思う。なんだろう。


最初は最近悩まされている飛蚊症だと思った。

顕微鏡で覗く微生物の姿に似た、ぼやけた薄黒いものが視える。しかし、どうも違うらしい。

なにせそれは、じわりじわりと肥大化していっている。音もなく。小刻みに振動して。これは
何だ。極小の裂け目を無理やり押し拡げるように、それは侵食してくる。

もしや、私の元へと近づいてきていないか。

弓なりで。

湾曲して。

落ち窪んだ。

三つの、陰影《いんえい》――？


これは、顔？

すぐに我慢できなくなって、瞬《まばた》きをした。

溜まった液体が瞳から流れ出て、明瞭になったそこには――経年劣化で黄ばんだ天井。なんの変哲もない、私以外は誰もいない、慣れ親しんだ賃貸アパートの風呂場であった。

己の呼吸の浅さも、波が引くように落ち着いていく。


それから、あと二セットを行った。

拍子抜けな程、何の変化もなかった。

はは、と思わず乾いた笑いを漏らしてしまう。

私は自分が思っている以上に、臆病《おくびょう》なのかもしれない。

風呂椅子に置いていた携帯端末を拾い上げ、大事なところが写らないように調整して自撮りをした。それからKに「修行なう」のメッセージと、撮影した画像を送りつける。

まずはこれで良しとしよう。

どんな物事も、模倣から始まるものだ。

◆週刊 Fizzy　08年夏の特大号記事

［荻窪《おぎくぼ》のグランマ、スピリチュアル・セミナーをぶった斬る！］
抜けるような青空。燦々《さんさん》と照り付ける太陽。海に花火に夏祭り、そして甘いバカンス。数多のイベントに心躍るサマーシーズン――のはずが、今年の夏はいつもと勝手が違う。最悪の通り魔事件を皮切りに、国内外で地震が多発、全国規模で局地的豪雨による水害が起こるなど、どうにも落ち着かない心持ちにさせるではないか。
彼女が占い屋を構えるこのマンションも鈍色《にびいろ》の霧雨に煙っていて、いつもと違ってうら寂しく、掛けられた［本日休業］のパネルはどこか心許《こころもと》なく揺らめいている。
しかし、扉の奥のチェアで待ち構えていたグランマ当人はというと、コニャック片手に葉巻をくゆらすという、普段よりも輪をかけてリラックスした姿だった。

【取材者立木《たちき》　以下、立】どうも最近、漠然と不安になる人が多いのだそうです。
【グランマ　以下、グ】不安、ね。上手なお付き合いが出来る方が珍しいでしょう。
【立】グランマはご存じですか？　漠然とした不安を解消すべく、今、巷《ちまた》ではスピリチュアル・セミナー（※）が流行っているのだそうです。

※スピリチュアル・セミナー

精神世界や超自然能力を存在するものと考える主催者が、参加者らにそれらの一端に触れさせることを目的とした勉強会形式の集会。玉石混交ながら、人気のセミナーになると三ヶ月待ちのものも。参加者の多くは「気づきを得た」「癒《い》やされた」「生まれ変わった」と好意的な反応。参加にある程度の費用がかかることが多い。


【グ】ああ……あれはね、本当にいけないことよ。

【立】そうなのですか？

【グ】そんな素人のとこで無駄金払うくらいなら、私の元に来てほしいもの。私なら相場の三分の一の価格で三倍以上の効果ある占いをしてみせるわよ。

【立】そうはいっても、グランマも予約の取れない占い師さんじゃないですか。……それに、お金がかかってしまうにせよ、それなりに気が楽になるのなら、そういうスピリチュアル・セミナーを一時的に利用するというのも経験として悪くはないのでは？

【グ】違うのよ。ああいうのは信用に値しないの。今の人気所だと「○林○子」とか、「○海○代」、「黄○世○一」だとかかしら？　あの子達、神秘学のシの字もかじっていない、ただ口からでまかせ言うだけ。ただのおしゃべり上手よ？

【立】グランマ、今のは編集部判断で伏せ字にさせていただきます（笑）

【グ】でも、知識もないのに聴き心地の良いそれっぽい事を言うだけなんて、ねえ？　酷い人なんて「前世のカルマが～」「貴方《あなた》を恨む人の怨念が～」なんて嫌なこと言うでしょ？　あれだって不安を増長させて判断力を低下させて、お金を巻き上げやすくするためだけの嘘なんだし、やっぱり詐欺師よねえ。それもかなりタチの悪い（笑）

【立】いやはや（笑）お酒のせいか、いつもより舌鋒《ぜっぽう》が鋭いですね。

【グ】……まあ、自戒を込めて言うけどね。スピリチュアルを飯の種にする人っていうのは、矜持《きょうじ》を失えば簡単に地に落ちるの。少し気を抜けばいくらでも他人を不幸に出来る。その逆はどれだけ頑張っても難しいのにね。その自覚もなしに「運命が切り拓かれてハッピーになれる～」なんて、御大層な売り文句を真顔で言う輩《やから》のことなんて、絶対に関わっちゃ駄目よ。

【立】それはまさか、「波◯◯リ」さんのこと？

【グ】ええ、そう。あの子はあの界隈《かいわい》の中でも一番の大馬鹿者よ。

【立】でも、グランマは以前「彼女はちゃらんぽらんな性格を演じているけど、実際は凄い勉強家だ」と評価しておられませんでしたか？　実際、彼女がプロデュースに関わっている各種セミナーは、満足度も非常に高いと評判のようですが。

【グ】馬鹿にも二つあるのよ。知識がなくて馬鹿する奴と、知識があるのにあえて馬鹿する奴。本当に厄介なのは後者でしょ。彼女もそうだってこと。

【立】えっと……それは「波◯◯リ」が本物のスピリチュアリスト、だと？

【グ】まあね。だけどあの子は手段を選ばなすぎよ。人を不幸にするのを厭《いと》わない。あのやり方じゃ、全然かつての新興宗教時代の方がきちんとコントロールされていたわ。品性を疑うわよ、生存者バイアスで評価が上がっているなんて。

【立】グランマ？　私達にもわかるようにお話してください。

【グ】……あれには関わるなということ。命が惜しけりゃね。

【立】もう一声。今度、ヘネシーのパラディを持ってきますんで。

【グ】仕方ないわね……昔、人智を超えた奇跡を起こす手法が観測された。偶然ね。だけど幸を生むか災禍を生むかは運任せ。ただ超常的な現象を振りまくだけのモノ。

【立】ありがとうございます。……それで？

【グ】だから最初に見つけた者は教義を作り、災いを避けるため入念に崇《あが》め奉って安全装置を付けてマイルドにして、やがてそれは宗教として成立した。だけど時代の流れでそれも崩壊した時、あの子は効率のために安全装置を取っ払って運用し始めたの。そりゃ大きな幸も出やすくなるけど、裏ではその何十倍もの災いを振りまいているはずよ。

【立】つまり、その栄華の裏には多くの犠牲者が出ている、と。

【グ】表に出てくるのは幸を得られた人だけでしょう。災いが降り掛かった人なんて、もうそれどころじゃないんだもの。……だから、ああいう類のスピリチュアル・セミナーは偽物だろうと本物だろうと、いずれにせよ近づくべきでないということね。

【立】そうですか……。貴重なアドバイス、ありがとうございます。

【グ】どうしても処理できない不安があって悩んでいる方がいるのなら、ぜひ私のお店にいらして頂戴。一刻を争う場合は優先的に対応させてもらうわよ。——さあ、お仕事はもうそれくらいでいいんじゃないの？　貴方もどう？

優雅に微笑み、私にもグラスを差し出してくるグランマ。綺羅《きら》びやかな硝子《ガラス》細工の瓶から注がれていく、芳醇《ほうじゅん》な琥珀《こはく》色。揺蕩《たゆた》う甘さとほのかなスパイス。魅惑的な香りが、私を優しく包みこんでいく。これもどうぞ、とほろ苦いショコラ。予想を遥《はる》かに超えるマリアージュに驚く私を見て、グランマは美味《おい》しそうにお酒を飲み干す。

その姿は言葉に出さずとも雄弁だった。彼女はきっと誰よりも不安との付き合い方を知っている。たしかに私の心を乱していたはずの形のない曖昧な不安は、お店を後にする頃にはさっぱり霧散していた。処方されたのは琥珀色の特効薬。それと業界のちょっとした裏話。気がつけば雨も止んでいて、夕焼け色の街並みは光り輝いていた。私はこの夏の過ごし方を再考しつつ、帰路につく。

【筆者メモ】

二〇二二年十一月末、Kから送られてきた写真週刊誌の一特集。

当時のスピリチュアル・ブームの空気感を味わうために適当にゴシップ誌を拾い読みしていた所、偶然発見したらしい。伏せ字にされているが、おそらく波導エリへの言及がなされている。

「スピリチュアル」そのものへの信頼度が現在よりも高く、また「知っていて当然」というブーム時特有の雰囲気から、説明不足感は否めない。しかし少なくとも、波導エリは同じ業界の人から煙たがられていたようだ。

波導エリはコントロール出来ないのに本物の霊能を扱うとされている。彼女のおまじないを実際に試してしまった身としては、少々不穏な気分にさせられるではないか。

詳しい話を聞くべく「荻窪のグランマ」の店を訪ねてみようかと思ったが、彼女はコロナ禍前に病気で亡くなってしまったようだった。無念。

◆禁忌題目の簡易プロット　Ver.2.0（筆者作成）

『日常生活に溶け込む「顔」の怪異（仮）』

［ジャンル］現代オカルトホラー

［テーマ］安定していると思われている日常の脆弱さ

［一行ログライン］

日常に隠れていた怪異により、善良な主人公の順風満帆な日常が崩壊していく

［起］

一人暮らしの主人公（姉）。実家の弟から、母が怪しい団体に傾倒していると聞く。父は「そのうち飽きる」と取り合わないが、不安になった姉弟は母の後をつける。団体は「見えない顔を感じようとする」という不気味な修行をし、無謀な勧誘活動に精を出すカルト団体だった。姉弟は母をどうにか説得し、カルトとの関わりをやめてもらう。

［承］

世間では「見えない顔に命令された」と不可解な供述をする犯罪者が増えているが、主人公の家族らは平穏を取り戻した。しかし今度は弟が「見えない顔」の幻覚と、それに付随した殺人衝動に悩まされる。カウンセラーに相談しに行くと、何故か同様の幻覚に悩む人が急増して

いるらしい。どの治療も効果なく、焦る主人公と弟。母親に説明を求める。

［転］

母曰《いわ》く、カルト団体の教えでは「顔」とは「神様」で、「感じる」ことは良いが「直接視る」のは不敬となり、怒りを買って不幸な目に遭うのだ、と。カルト団体の指導者だけが知るという「顔」を鎮める方法を聞き出すため、主人公は母親の手引で団体に潜入、洗礼を受ける。しかし、洗礼を受けてからしばらくして主人公もまた「顔」が視えるようになってしまう。

［結］

幻覚と殺人衝動に苦しみつつも指導者と接触を果たす。「顔」の怒りを鎮めるには、誰か新たに三人、カルト団体の生贄《いけにえ》の儀式を受けさせる必要があるらしい。誰かを犠牲にすべきか諦《あきら》めるか苦悩する中、主人公は母の手引で受けさせられたのは洗礼ではなく生贄の儀式であったと気づく。母は「顔」を視てしまったが故に、父と弟と主人公の家族全員を生贄にしたのだった。弟と父は衝動に耐えきれず人を殺し逮捕される。追い詰められていく主人公も慌てて生贄を探そうとするが、カルトが社会問題化し騙《だま》される人が減った中では困難だった。

※改善検討事項
・だいぶホラーものらしくなってはきたが、後味が悪すぎるかも
・今度は「日常生活に溶け込む」感が薄れてしまった
・そもそも「怪しげなカルト団体」を物語の骨組みにするのは古い？
・物語に含みをもたせる余地はかなりある気はするが、現状は見えない
・怪異の設定がご都合主義っぽく感じられてしまうかな
・もうすこし生々しい感じのリアリティが欲しいところ
・カルト団体のあり方に矛盾を感じる？
・ただ「怪しげなカルト団体」を想像で書くのではなく、もっと現実にあるカルト団体のことを調べた上でプロットに活かしたほうが良いか？

【筆者メモ】

二〇二二年十一月末、かき集めた情報に刺激を受けつつ出来上がった改訂版プロット。形にはなってきたものの、ご都合主義感が強い気がして悩んでしまっていた。

Kから言わせれば「別にご都合主義でも面白ければ良いんじゃねえの？」だそうなのだが、

彼は本当に大胆な感覚派で、しかもそれで面白いものを書けてしまう規格外に才能ある人物だ。そんな相手の創作論を、私が取り入れようとしてもなかなか難しいものである。

それはそれとして、自らの担当編集である佐藤氏に今回の簡易プロットをメールで投げておく。『日常生活に溶け込む「顔」の怪異』のアイデアでプロット作成を続けていることを予め伝えておくためである。

反応があればまあラッキー、程度の考えだ。

無論「禁忌題目」だからどうしてもＮＧを喰《く》らうのであれば、それはそれで別のやり方を模索しよう、そう思っていた。

◆動画配信者によるカルト団体突撃企画

［ゴゴくんのカルト団体潜入してみたVol.3前編　文字起こし］

（照明の強い部屋、赤いソファーに浅く座っている一人の若い男性・ゴゴくん）

「ゴゴくん」はいどうも！　ゴゴくんです。今回は皆さんお待ちかねの大好評企画「カルト団体潜入してみた」の第三弾、「[redacted]の自己啓発セミナー編」！

（盛り上げるＳＥとエフェクトが流れる）

「ゴゴくん」いやあ今回もヤバかったね。マジで。いやこの企画でヤバくなかったことないんだけどさ。ははは。本当に大丈夫？　マジで俺消されちゃうんじゃないかと思ってビビってたよ？　いや、君ら助手くんは顔出ないからいいけどさ、俺は違うから。狙われるとしたら俺が一番初めなんだからね？　顔バレしてるんだしさ

（画面外に話しかけるゴゴくん　助手と呼ばれたスタッフらしき笑い声）

「ゴゴくん」今回潜入したのはこちら！　ででん！

「運命を切り拓く[redacted]マインドセット実践講座・管理職編」！

ゴゴくんもリーマン経験があるからね。正直カルトなんて無関係の、普通のビジネス講座なんじゃないの？　これで撮れ高ある？　って不安だったの。いやもちろん「波導エリも大絶賛！」っていう煽《あお》り文は怪しくはあるけどさ。皆覚えてる？　波導エリって昔ちょっとテレビ出てた

うさんくさい実業家モドキ。こんなの広告塔にして効果ありますかってレベルのタレントでしょ。でも今思えば、これが前フリになってたよね。どういう層に向けたセミナーなのかって

［ゴゴくん］え？　喋りすぎ？　ああごめんごめん。はやく潜入したところ見せろってね。わかった、わかったって、あはは。そんじゃあ仕事ふやしてゴメンだけど、うまくカットしといてくださいね助手くんたち。それじゃあゴゴくん隠しカメラ、再生！

（画面が切り替わり、殺風景な貸し会議室の机の上、参加者らの背中が映る。壇上以外はモザイクの加工がなされており、具体的にどこが会場かは判別できない）

［ゴゴくん］えー、会場に無事潜入しましたゴゴくんです。結構大きいハコですね。百二十くらいある席は六割、七割くらいかな。おじさんたちで埋まっている状況でしょうか。カジュアルな格好の人も中にはいますが、ほとんどがスーツ姿。良かった、俺もスーツで

（ひそひそと喋るゴゴくん　司会者と思しき男性が壇上で語り始めている）

［司会者］この通り、数多の企業様で勉強会を行い、また、ビジネスパーソンに限らず、政治家・医師・俳優・作家・教員・スポーツ選手など、幅広いジャンルの著名な方々にもご参加いただきまして、皆様から感謝のコメントを頂戴しております

［ゴゴくん］そんな大して変なことも言ってないし……うーん、やっぱりこれ、普通のビジネス講座なんじゃないのかな？　どうする？　しばらく様子み――、っえ。なんだあれ。え、なになになになになに。なにあれ。え、でか

（全長一五〇センチほどの大きな仮面？　が複数のスタッフらの手で壇上に運び込まれる）

［司会者］そもそも旧来、ビジネスパーソンに求められるのは忠実な歯車の役割のみでした。しかしそれも時代錯誤です。今、真に必要なのは、タフな歯車でありつつ自らが社会を切り拓く当事者だと強く意識して自発的に動く、そういった意識改革で

［ゴゴくん］いや、いやいや、なんの用途だよ。触れろよ……説明しねーのかよ

［司会者］ええ、求められることが多く、生半可な覚悟では不可能です。経営者以上に先を見据えて行動しなければならないのですから、非常に苦しく困難なタスクです。さて、それを実現するためには皆さんはどのような生存戦略をとりましょうか

（参加者らは戸惑いこそすれ意外と冷静で、中には熱心に頷く者もいる）

（中略）

［司会者］つまるところ、即身仏のように過酷極まりない苦行を成せるのは、個々人の適性はあるにせよ、この「超越的存在に見られる・導かれる」というマインドセットの役割が非常に大きいウェイトを占めていると考えられます。神に見られているから苦行に挑み、導かれるから苦行に耐えられる。……ここまででなにか質問はありますか？

［参加者A］あの——いいですか。はい、どうも。理屈としては理解できます。ですが、それは根性論だとか精神論と呼ばれるものといかほどの違いがあるのか気になります。素人質問で恐縮ではありますが、そこに到るメソッドを確立しているのですか？

［ゴゴくん］おっ、いいぞおっさん。論破してやれっ

［司会者］非常に的を射た質問、感謝いたします。仰る通りで精神論や根性論の類は、現場においては瞬間的に形骸《けいがい》化することがほとんどですよね。しかし我々が推奨する方法はそれとは継続力も実行力も共に別物で——ええ、順番が前後しますが、実証してみましょうか。これを極めれば、どんな苦労も自動で身体が動くようにさえ感じますよ

（司会者の合図と共に、一人の温厚そうな二十代ほどの男性スタッフが壇上に現れる。彼は背後に立てかけられた大きな仮面のオブジェに深々と頭を下げた後、こちらに向き直る）

［司会者］皆さん、気になっていたでしょう。この巨大な顔を模したオブジェは何なのか、と。これは我々が行動経済学・認知心理学・応用科学の方面からアプローチし、宗教性を排した上でイノベーションされた、《[redacted]》となります

［ゴゴくん］やっと説明したと思ったら何言ってんだ　中々にどうかしてるじゃん

［司会者］このツールを利用してマインドセットをすれば、どのような困難をも実現させる新時代の優秀な人材に生まれ変わります。壇上の彼も先日ついにマインドセットが適応されましてね。さあ、その効果の程をお見せいたしましょう

［男性スタッフ］本日はお集まりいただきありがとうございます。今回マインドセットの効果実証役を拝命しました、[redacted]研究会の[redacted]と申します。つきましては、会場の皆様から、私に何か「難問」を頂戴できればと思います

［ゴゴくん］は？　どういうこと？

［男性スタッフ］どなたかいらっしゃいませんか？　この場で出来ることならば、どんなことでも結構ですよ。どうぞお気軽に——それじゃあ、そちらの方。はい。黄色のネクタイの。は

い。あなたです。何か私に難問を与えてみてください

［参加者Ｂ］な、難問……？　ちょっと、意味が分かりかねるのですが……。その特別なマインドセットで、難問？　に対応が出来るようになるということですか？

［男性スタッフ］必ずしも皆がそうなる、という訳ではありません。このマインドセットは、その者が持つ運命を最大限開花させるよう強制促進するもの――言い換えれば努力を厭わなくなるものです。それで結果的に、私が開花したのは「難問への対応力」だった、ということになります。さて、それでは難問をどうぞ

［参加者Ｂ］はあ……。難問……え、ええと、それでは、……フェルマー、フェルマーの最終定理について、説明をお願いする――とかでも良いのですか？

［男性スタッフ］はい。nが3以上の自然数の場合、方程式$x^n+y^n=z^n$を満たす自然数x、y、zは存在しないという、フランスの裁判官で数学者でもあったピエール・ド・フェルマーが残した最大の難問、だったものですね。彼の死後三百年余り数学界を悩ませましたが、一九九五年にアンドリュー・ワイルズが完全証明に成功しました。内容について説明させて頂きたいのですが、〝この会場でそれを説明するには時間が足りなすぎる〞といたしましょうか。それでは

お次の方、どなたかいらっしゃいますか
（参加者たちの感心混じりのざわめき）
［ゴゴくん］バッカじゃねーの。こんなんただの仕込みに決まってんだろ。ダメだねマジメなおっさんたちは簡単にノセられて……よし、それじゃいっちょカマしたるか
（視点が高くなる。ゴゴくんが起立したと思われる）
［ゴゴくん］はい！　俺からも一つ、いいすか
（男性スタッフがゴゴくんに向かって頷く）
［ゴゴくん］どんな難問でも構わないんですよね
［男性スタッフ］ええ、この場で実証可能なものなら。なんでも仰ってください
［ゴゴくん］それじゃあ――そうだな。ふふ、今から、骨を折ってみせてもらえませんか。腕でも足でも、どこでもいいですよ。もちろん動物とか他人のじゃなくて、自分の骨
（男性スタッフと周囲参加者から怪訝《けげん》そうな視線が集まる）

［ゴゴくん］なんですか。どんな難問でも対応するんでしょ？　出来ないの？
［司会者］いや貴方……本当にそれを観たいのですか？　冷やかしはやめてください
（虚空に視線を彷徨わせる男性スタッフ）
［男性スタッフ］……こ……ぁ……の、……そう……
［ゴゴくん］出来ないんでしょ？　出来ないなら出来ないって言ってく
（ぱきん、と枯れ枝を踏んだような音が会場に響く）
［ゴゴくん］…………は？
（穏やかな笑みを浮かべる男性スタッフ。その左手の人差し指はあらぬ方向に完全に折れ曲がっており、力無く揺れている。彼はそれをじっくりと周囲に見せつけている）
［ゴゴくん］——う、うわっ、お前っ、マジかっ
（参加者らのどよめき。その中で再度、ばきん、という音が響く。人差し指に次いで中指も変な風に折れ曲がり、どす黒くなっていくのを丁寧に見せつける男性スタッフ。彼は笑顔を崩すことなく、左手の薬指を右手で摑《つか》む）

［ゴゴくん］アタマ、おかしいんじゃねえのっ？

［男性スタッフ］いいえ、容易いことですよ。身体が勝手に動きますし

（ばきん、と響く。薬指も歪《いびつ》に折れ曲がった。男性スタッフは小指に手を伸ばす）

［ゴゴくん］やっ……やめろ！　やめろって！

［男性スタッフ］もうよろしいのですか？　それでは次の方

（遮るように）［司会者］――はい。いかに優れた実現力を持つ人材になるのか、お分かりになったかと思います。ここで実証の方は終了とさせていただきましょう

（男性スタッフは一礼し、壇上から去る。痛みからか脂汗を流すが、表情は崩れない）

［司会者］優秀な人材の確保・育成は管理職の大きな悩みです。しかしこのマインドセットを適応出来たなら、誰もが優秀な人材となる。自らなるも良し、部下になってもらうのも良し。いずれにせよ、必ずや組織に大きな利益と発展が約束されるのは――想像に難くないでしょう。もしもご興味がないという方がいらっしゃれば、今ここで退室をお願いいたします

（会場の参加者らは言葉を失うが、しかし退席するものは少ない）
［司会者］よろしいですかね。それでは続きまして、その具体的なメソッドについて説明していきましょう。まずは皆様、この《■■■■》に対して軽く顎を引いて俯《うつむ》いてください。それから《■■■■》をぼやかすように薄目で視ていただけますか
（参加者らは戸惑いながらも、司会者の言う通りに俯いていく）
［ゴゴくん］キモいキモいキモい、なんだよこいつら……キモいって
（ゴゴくんの声がフェードアウトしていきながら映像は暗転。数秒後に切り替わる）
（序盤と同じように、照明の強い部屋の赤いソファーに座っているゴゴくんが映る）
［ゴゴくん］本当にヤバいよね？　うん。助手くんらだって、マジでビビり散らかしてたじゃん。いや、あんなの仕方ないって、異常者集団すぎるでしょ。こんなの今までで一番……
（急に言葉を止めて顔を上げ、画面外をじっと見つめる）
［ゴゴくん］……そう、一番、だったよ、ね
（気を取り直すかのように首を振る）

［ゴゴくん］――なっ！　助手くんたちもそう思うだろ？

（反応はなし。静まり返っている）

［ゴゴくん］ははっ、それな！　そう！　そう！

（反応はなし。彼が座り直したことでソファーが軋《きし》む音が聞こえるのみ）

［ゴゴくん］うわ、助手くん言うね。今日は絶好調じゃん、なははははっ！

（反応はなし。彼の笑い声だけが反響する）

［ゴゴくん］いやー、皆も続きが気になるでしょ？　実はそれからもっと過激な映像が撮れちゃってるの。本当にヤバすぎる！　とんでもない後編は来週までには動画アップできると思うので、お楽しみに！　それじゃあ今日はこの辺で！　チャンネル登録と高評価、よろしくぅ！

（楽しげに手を振っていた彼は突然固まり、無表情に画面外を見始める）

［ゴゴくん］…………ぁ
［ゴゴくん］…………ぁ……の、……そう……

（不明瞭な呟きをしつつ立ち上がり、不安定な足取りで自らカメラの電源を消す）

（動画終了）

【筆者メモ】

元々は二〇一九年三月九日に「ゴゴくん」と名乗る動画投稿者が投稿サイトにアップロードした動画。元動画はアップされた翌々日に削除されたが、その二日間のうちに動画を保存したであろう何者かによって無断転載され、それがやがて削除されてもまた別の誰かに無断転載されて、という形で時折今もなお動画がネット上に漂うことがある。

また、無断転載される過程で、動画は何者かによって編集・加工された形跡がある。

確認できた三つのバージョンの中で、一番長くオリジナルに近いものが今回のもの。

「ゴゴくん」は、売名のために過激な行動をする、いわゆる炎上系の動画投稿者だった。そのため当初はこの動画の内容も動画を削除したことも、それら込みですべてネタなのではという見方が強かった。しかし精力的に行われていた彼の動画投稿は、これ以降ぱたりと更新が途絶えたまま現在に到っている。

彼は何を経験し、それから何が起きたのだろうか。

◆筆者の夢日記　二〇二二年十二月二日分より抜粋

勤務先の先輩社員が、新型コロナ陽性に。翌日に先輩が出るはずだったイベントの補充要員として何故か私が抜擢《ばってき》され、あまり土地勘のない関西（奈良？）の郊外に赴かなければならなくなってしまう。この時、執筆活動に費やせる時間が減ってしまうことに私はやや苛ついて、上司にあたる人物にわりと文句を言っていたような気がする。

出張当日の道中、交通機関の遅延によりイベント会場の集合時間に一時間弱ほど遅れての到着に。会場と思われる建物を発見、その扉を開けようとするまではすでにイベントが始まっているような賑《にぎ》わいを扉越しに感じていたのだが、実際に開けてみると体育館ほどの広さの会場は薄暗くがらんどう状態だった。早く設営を始めないと、と焦る中で突然背の高い男性が現れる。その人物は最近隣に越してきたマキさんだと私は何故か確信する（ただし、現実に私はマキさんのマスクをした姿しか見ていなかったため、脳が処理できなかったのか何なのかその男性の口元だけは薄らぼんやりとぼやかされていて良く見えなかった）。

どうしてこんなところにいるのか疑問を覚えることもなく、私はどうにかマキさんに手伝ってもらおうと事情を説明。しかし説明する中、あまりに筋が通らない展開のために私はこれが夢だと気づく。焦って損したと座り込むと、マキさんが近づく。彼のぼかしの掛かった口元が蠢《うごめ》く。私に何かを話そうとしているらしい。ぼかしのせい？　なのか物理的に口元が構築されていない？　のか、不明瞭な唸《うな》り声にしか聞こえない。目を凝らせばマキさんの口元が鮮明になるかと思ってそうするも、ぼかしは薄くなるもののはっきりとはしない。

マキさんは諦めたのか、スマホで文字を打ち込んで私に画面を見せてくる。そこには、「うしろにあるのは　なに？」と書いてある。私が振り返った先には、一五〇センチほどの巨大な顔のオブジェがあった。恐怖と驚きで飛び起きると、自室の布団の上だった。

今のは夢だったかと呼吸を整えようとしたところ、窓の近くの壁に、オブジェでなく大きな本物の顔が生えており、大口を開けて引き笑いをしていた。私はそれが見えていることを絶対に悟られてはいけないし、直視してもいけないと直感的に悟る。その顔の引き笑いが、自室の中で木霊《こだま》している。胸の鼓動が段々大きくなっていき、今度こそ本当に目が覚めた。


【筆者メモ】

自宅にこもって変な調べものを続けていたからか、こんな悪夢を見た。起きた時は冬なのに汗だくで、顔のあった場所を見るのも躊躇してしまったが、もちろんそこには何もなかった。

この悪夢のせいで、私の中の恐怖のスイッチが入ってしまったらしい。しばらくはただ自室にいるだけなのに、ちょっとした気配や物音に妙にビクビクとしてしまった。

しかし、この多段オチといい、なかなかに良い塩梅のホラー感ではないか。

恐れてなんかいる場合ではない。凄まじい作品を世に出すためだ。

もっともっと感性を鋭く研ぎ澄ませていかなければならない。

◆筆者の実地取材記録［絹澤匠について］

あの悪夢を見てからというもの、どうも気分が優れない。

眠りが浅くなったせいで常に頭が熱っぽいというのもあったし、酷く目が疲れているからか飛蚊症が悪化するなど、とにかく何かと体調が芳しくなかった。

そんなだからか、プロットを練っている最中に一瞬まどろんでしまった。

いけないと思って起き上がり、コーヒーでも淹《い》れるかと伸びをした。

その時、窓辺の壁に違和感があった。反射的に一瞥《いちべつ》する。


そこには、巨大な肉のような膨らみがあった。

何者かの顔のように、ぐにゃりと蠢いている。


私は腰を抜かす勢いで驚いて畳の上を転がったし、生まれたての子鹿のように足が震え、うずくまることくらいしか出来なかった。本当に、本当に死ぬほど怖かった。

しかし差し迫った異常な存在を見ないようにするというのもまた、凄まじい不安を掻き立てるものだと実感する。もしもアレが、肉を引き伸ばすようにして、私のすぐ側までにじり寄り、真正面を覗いてきたりしたら――と厭な想像が脳内で一瞬にして展開されていく。

その怖さから逃れたい一心で、再び目を遣《や》る。

もちろん壁は平坦《へいたん》で、何も生えていなかった。

あるのは日差しで生じた、カーテンの影のみ。

見間違いだった。激しい動悸《どうき》で、胸がひどく痛んでいるとやっと気づく。

震えの入り混じった溜息をつく。疲れているんだ、と自分に言い聞かせた。

▽

担当編集からの返事はまだ来なかった。それはつまるところ、私が送ったプロットは禁忌を破ってでも取り上げる面白さではない、ということだろう。

私はより面白い方向性を探るべく、かき集めた参考資料のデータをノートパソコンに入れて、近場の喫茶店で作業を続けていた。何故わざわざ外で作業するのか。それは妙な見間違いをした恐怖を引きずって自宅にこもるのが嫌になったからに他ならない。

何か見逃している情報がないかと集めたデータを洗い直していく。

目についたのが、絹澤匠が起こした事件についてのニュース映像。

ニュース映像に数秒だけ映った、彼とその家族が住んでいた家屋。

その周辺風景に私は既視感があることに気がつき、よくよく記憶を反芻した。そこは私がかつて一人暮らし物件を探し回っていた頃に訪れた、あの場所ではないか。

喫茶店に長時間居座っているため、店員の視線が厳しくなってきてもいる。

ならばと気分転換と情報収集を兼ねて、数十分ほどかけてそこに向かうことにした。

絹澤匠が住んでいた家。その実物は、ありふれた二階建ての一軒家だった。

表札は外されていたが、実際のニュース映像と見比べたところ全く同じだった。やはりここで間違いない。ここで彼は両親を殺したのだ。そしてその顔を剝いで持ち歩いたらしい。周囲の閑静な住宅街からは想像出来ない、そんなことを考えながら眺めていたところ。

その絹澤家の中から、人が出てきた。白髪頭で五十代程の男性。

チャンスだ、と思った。

上手くいけば、これ以上なくリアルで生々しい情報を知ることが出来る。

「あの、……こんにちは」

私は極めて平静を装って、そう話しかけた。

マスクのせいで表情を読み取り辛い男性は、すぐに怪訝そうな瞳を向けてきた。私は緊張しつつも気合を入れ直す。条件は同じだ。彼だってマスクを着けた私の表情が読み取り辛いはずで、二十代そこらの私が何者なのか戸惑っているに違いない。

「絹澤さんの——ご親族の方、ですよね」

「はあ、そうですが。……すみません、どちらさまで？」

「突然の訪問で失礼いたします。私、八方と申します。二年前の事件についてお聞きしたいことがありまして、ご協力いただけると幸いなのですが」

「え？　誰？　警察？　保険屋？　役所の人？」

「いえ、私は作家、……というよりもフリーのライターと言った方が正しいかと思います。それでその、絹澤匠さんが悩まされていたという――」

ライターを名乗った時点ですでに男性は苛立ちの雰囲気を滲ませていたが、絹澤匠の名前を出した時点で彼の眉は異様に釣り上がり、忌々しさを隠そうともしなくなった。

「話すことはない。帰ってくれ」

「お気持ちはわかります、ですがどうか――」

次の瞬間、私は道路にへたり込んでいた。

何が起きたのか理解が追いつかなかった。

見上げた先には憤怒《ふんぬ》で肩を上下させる男性の鋭い視線。左頰が熱く痺《しび》れていることよりも先に、冷たく乾いたアスファルトの感触が気になった。それから二拍三拍遅れて、頭がくらくらしていることと、マスクの紐が千切れて落ちていることに気がつく。

どうやら私は、思い切り、頰を引っ叩《ぱた》かれたらしい。

「そうやってなあ！　お前らは、お前らは――そんなに他人様《ひとさま》の不幸が面白いか？　誰から死んだって聞いたんだ！　ああ⁉　言ってみろよ、おい！」

男性は吠《ほ》えるような勢いで言った。

私は疑問よりも恐怖よりも、焦りと罪悪感が先に湧いた。

そう。「人が死ぬ」ということを、私はあまりに軽く見ていた。ニュース記事の数行で表現される人の死と、よく知る身近な人物の死というのは、当然ながら全く重さが違う。それをきちんと理解せず、配慮なく踏み込みすぎていた。

それはそうだ。もし仮に私の家族に不幸が起きて、その不幸を興味本位でねちねちと聞き出してくる輩がいたら、頬の二発や三発は引っ叩きたくもなるはずだ。現状一発のみで留《とど》めてもらった私は、きっと彼に感謝すべきくらいだ。

男性はどうにか怒りを鎮めようと、何度も深呼吸をしている。

それを見た私は、彼はきっと普段は理性的で善良な人なのだろう、と思う。


私は、覚悟が足りていなかった。

だから今、静かに腹をくくった。


男性に勘付かれないように私は密《ひそ》かに唇の端を噛みちぎり、血を顎に滴らせた。

まるで殴られたせいで切れてしまったように見せかけるため。惨めで哀れで同情を引くような顔をして、やりすぎたと思わせるため。

そして私は、そっと男性を見上げてみる。

すると男性は、あからさまに狼狽《うろた》えていた。

私は自らがやろうとしていることの悍《おぞ》ましさを、充分に自覚しなければならない。自分勝手で、酷く醜くて、善性からかけ離れた、人として最悪の行いだ、と。

礼儀もへったくれもないが、それがせめてもの筋だ。

私は、凄まじい作品を生み出したい。

そのために、見知らぬ誰かを傷つけたとしても。

そのために、不幸に苦しむ人の心を踏みにじったとしても。

それで地獄に落ちようとも、私は凄まじい作品をこの世に放つのだ。


「絹澤匠さんとそのご両親は、光相の導きという新興宗教と繋がりはありましたか」


私のその言葉に、男性は虚をつかれたように固まった。

「それでは、波導エリ――もしくは波導エリが関連していると思われるスピリチュアル団体、もしくは巨大な顔の偶像を用いる自己啓発セミナーに心当たりは？」

実際に繋がりや心当たりがなくたって構わない。

これはブラフのようなものだ。

絹澤匠の親族か関係者と思しきこの男性に「こいつは自分の知らない何かを知っていて、それを教えてくれるかも」と期待させることだけを目的としたハッタリ。

喰いつかれるまで、思わせぶりな言葉を繰り出し続ける。

だって、作家――特に小説家とは、そういうものではないか。

真実かどうかなんて重要じゃない。提示すべきは、心惹かれる物語。

「絹澤匠さんが悩まされていた幻覚症状について、ある仮説が打ち立てられているのです。それは人に伝播《でんぱ》し、一度罹《かか》ると治療は困難で、ごくわずかな適応者以外は必ず自ら破滅に突き進む。まるで、まるでハリガネムシに寄生されたカマキリのように」

この数ヶ月で一番、脳が素早く働いている。

なにを考えずとも、自然と口から言葉が溢れてくる。

それにしても私はこんなにも思わせぶりな発言が上手かったか？　今まで人と喋るのは苦手な方だったのに、予め準備していたかのように口からすらすらとそれらしい言葉が出てくる。この窮地に陥り、隠れていた才能が開花でもしたか。

喋っている最中でも、どうせならばプロットを練っている時や執筆中にこの状態になりたいものだと頭の片隅で考えているくらい、それでもなお思考には余裕が有り余る。

ハイになっている。ゾーンに入っている。男性の視線の揺れ方やみじろぎ一つから、その心の内を手に取るように分かってしまう。

彼は、私に、気圧《けお》されている。

あと、もう一息だ。

今日は十二月五日の月曜日。千葉北西部に位置するこの町の空は鈍色の雲がかかり、まだ昼過ぎなのにどんより暗く、そして寒い。目前に立つ男性は不織布マスクで顔を隠すが、その表情は強張《こわば》っていて息が浅い。吐息で幾度も薄ら白く煙っている。

「貴方はご存じですか――」

男性の視線は私、というよりも私が座り込む地面のあたりで右往左往する。何に視線を誘導されているのかというと、セピアがかった風景の中では何よりも目を引く紅《あか》い血の雫。私の唇から顎を伝って垂れ落ちて、また一つ赤い点が増えた。

「絹澤弘子さんが、二十年ほど前に掲示板に書き込んだ内容を――」

視界が冴《さ》え渡り続けていく。

紅い雫の跳ね返りまでも追えるように。男性が着ているフライトジャケットの縫い目を数えられるように。吹き下ろす寒風が庭先に植えられた枯れかけの木々をどう揺らすかを予想できるように。私の背後を舐めるように視る、誰かの気配に気がつくように。


――誰かって、誰？


弾《はじ》かれるように立ち上がって、振り向く。

過ぎ去ってしまえば何も記憶に残らないであろう、有り触れた住宅街。そこに隠れるように立つひどく寂れた古アパートのベランダ。物干し竿《ざお》さえ掛かっておらず生活感がまるでなく、その代わりかのように薄茶色の蔦《つた》が全体をびっしり覆っている。

十数年前を最後に時が止まったかのような時代の遺物。

その一階の右から二番目、ヒビだらけで薄汚れた窓。

その中にぽつんと佇《たたず》む、腐肉のような歪な膨らみ。

それは、私のことを——じいっと、視ている？

応ずるように、ぐにゃり、と何かが蠢いた。

それを視認する前に、私はきつく目を閉じた。細く息を吐き目蓋《まぶた》を揉《も》みほぐす。気のせいだ。気のせい。過負担の掛かった脳が、何もないに決まっているところに何かがあると誤感知してしまっただけ。そう呟く私の肌は、余すところなく総毛立っていた。

先程までの万能感が、嘘のように消え失《う》せる。

「なあ——」

男性の声に、私は緩慢に向き直った。

未開封のポケットティッシュを差し出されていた。

「——悪かった、本当にすまない。カッとなって……大丈夫か？　その、今、君が話していたことを、詳しく聞きたいんだが。……教えてもらうことは、出来るかな」

遅まきながら、男性は喰いついてはくれた。

いずれにせよ、これは収穫となる。

疲れ果てた身体に鞭《むち》を打つ。

「構いません。交換条件として、絹澤匠さんのことを教えてくれるなら」

▽

終始申し訳無さそうにする男性は、絹澤正樹《まさき》と名乗った。

彼は絹澤匠の父方の伯父《おじ》にあたる人物で、結婚はしているが子はおらず、甥《おい》である絹澤匠を幼少期から可愛がっていたそうだ。その日は、絹澤匠に関連する全てのことが終わってしまったため、彼らが住んでいた家の整理に来ていたらしい。

やはり彼は善良な人物だった。

私の残酷な行為を、最後まで疑わなかった。

◆絹澤正樹氏に行ったインタビュー音声より抜粋

Q：絹澤匠さんの幼少期について

匠は、昔からいい子だった。小さい頃から親の話を理解できる子で、わがままとか癇癪とかもあまりない、育てやすい子だ――と、よく弟（絹澤匠の父）が言っていたよ。運動方面に才能があったからな、すぐスポーツ教室に通わせて。ちょっと教えただけでぐんぐん吸収して、いや、もう、凄かった。あれは小学校の県の予選会だったかな。他の選手の子が必死に十メートルそこらを走っているその横で、平気な顔してその倍以上を進んでいくんだ。大人の選手だって顔負けのキレイなフォームでな。そりゃあ大きくなるにつれて、練習が苦しいだの大会へのプレッシャーだので、不安定になることだってあった。でも気持ちの切り替えがとても上手でね。今まで泣いていたのが嘘だったみたいに、練習が始まれば熱心に取り組むし、大会ではいっそ穏やかな顔でメダルを獲《と》ってくるんだ。スポーツで名を馳《は》せるために生まれた子なんだって俺ですら思っていたし、当の両親である弟と弘子さんからすれば、なおさらそうだっただろう。

Q：絹澤匠さんが悩まされていた幻覚症状について

まあ……、感受性が強いところも、なくはなかった。普段から大人びているんだ、そういうところがあってやっと年相応だと思ってたけどな。何もないところを見て急に怖がったり――ああ、そう。まさにさっき君が教えてくれた、弘子さんがネットに書いていた話みたいにね。

え？　何が視えるって言っていたか？　それは、……。誰かの顔だけが、ぼうっと浮かんで視える時がある、その程度のものだよ。それが何かしてくるわけでもない、ただ、見てくるだけ。練習や大会の前後だとか、リラックスしている時にな。匠も人生を賭《か》けて陸上に打ち込んでいたから、そういう形のストレス反応が出たって、おかしな話じゃないだろう？　第一、匠はなんだかんだ言うことはあっても、最後の最後まで、自ら陸上競技を離れたことは一度もなかった。そりゃあ、出来る限り支えるのが親心だ。そうだろう？　……変な詮索はよせよ。一部の週刊誌に書かれていたような、教育虐待だの行き過ぎた指導だの、見当違いも甚だしいよ。だから君が言っていた通り、きっとその――異常プリオン、といったかな？　脳が誤作動を起こして、正常な判断が難しくなったのが原因だ、というのは大いに納得がいく。それ、必ず大々的に記事にしてくれよ。そうすれば、匠の名誉だって、回復される。

Q：幻覚症状について、他に覚えていることは

今話したのが全てだよ、何かをしてくることもなく、たまに視えるだけ。ああ――まあ、時折、表情が変わるとは言っていたかもな。ずいぶん昔に聞いただけだが。……競技中は笑っていたり真剣な顔をしたり、寝てふと起きたらつまらなそうにしていたり怒っていたり。もしかすると、匠が表に出しきれない感情を、そういう形で処理していたんじゃないだろうかね。匠が中学に上がってからは休みなく陸上の練習で忙しかったから、そんな話を聞くこともなくなったが。

Q：匠さんは、SNSで陸上競技をやめたいという投稿をしていたようですが

匠が？　本当に？　（以前記録したデータを見せる）――これ、匠がネットに書き込んでいたっていうのか？　……いや、でも、匠は泣き言を言うこともあったが、それでも陸上を続けたのは本人の意思だぞ？　雨が降ろうが槍《やり》が降ろうが、直前まで泣き叫んでいようが、最終的には穏やかな顔で練習に励んでいたんだ。本気でやめたいって言うのなら、弟や弘子さんだって止めなかっただろうし、何よりそこまで嫌だったなら普通、自分から競技を離れるだろ。

Q：ですが、そうはしないで、あの事件を起こしたのですよね

……だから、それは君がさっき言ったように、匠が正常な判断ができない状態だったから、ということだろ。じゃなきゃ、あんなことはしない。出来る訳がない。実の親の顔を――。

Q：剝ぎ取って、その一部を持ち歩いていたそうですね

……。しかし、後になって匠は悔やんでいたし、反省していた。自分はなんてことをしたんだ、ってな。匠は、親に感じていたストレスが、その顔の幻覚という形になって視えるんだと、その時はそう思い込んでしまったらしい。それで……。だから、きっと、錯乱状態だったんだ。

Q：どうして、それを持ち歩いたのでしょう

……幻覚が消えるかを確かめたかった、らしい。錯乱中のことだ、わからんよ。

Q：何か、おかしくありませんか

……は？　どこが？

Q：匠さんは、結局のところ、何に悩んで、何を恐れていたのでしょう

いや、それは……幻覚が視えること、だろう？

Q：SNS上では、陸上をやめたくてもやめられない悩みが強いように思えます

だからそれは、弟も弘子さんも、無理強いするようなことはしてないと——。

Q：それではどうして、やめなかったのでしょうか

……どうして、って。そんなこと、本人にしか……。

Q：彼のSNSの書き込みには、奇妙な強迫観念があったように読み取れませんか

……どういう意味だ？　陸上競技をやめたら何か不幸なことが起こるだなんて、そんなような妄想を匠が拗《こじ》らせていたって言いたいのか？　仮にそうだったところで、どうしても辛くてやめたいっていうなら、自らやめるだろうさ。

Q：匠さんの抱えていた問題は、もっと根深いものなのでは
君にあの子の何がわかる。結局のところ、匠は捕まった後でも少しもトレーニングを怠らなかったんだぞ？　あれだけのことをしてもなお、刑務所でも独自に過酷な練習メニューを組み立ててこなしていた。それが匠の意思で無かったとしたら、何だって言うんだ。

Q：……匠さんと、会わせていただけませんか。確かめるべきことがあります
はっ、無理だな。

Q：お願いです。匠さんを悩ませた本質が、もう少しで分かりそうなのです
どれだけ頭下げられたってな、無理なものは無理だよ。……だって、匠は一昨日の夜中に、自殺しちまったからな。なんだそんな顔して。君、知らないでウチに来てたのか？

【筆者メモ】
見えない何かを怖がる子ども。
幻覚と強迫観念に苦しむ陸上競技者。
実の両親の顔を剝いで持ち歩いた殺人犯。
絹澤匠の真相は、あと少しのところで解明できなくなってしまった。

しかし、彼は捕まってからもなお、あれだけやめたがっていた陸上競技のトレーニングを続けていたという。あまりに不自然ではないか。例えばこれが、両親を殺して捕まることによって陸上競技から完全に離れようとした——なんて犯行理由であるならば、そのやり方の酷さはともかく、筋は通るし納得はできる。しかし、そうではないのだ。

どうしてあれほどやめたがった陸上競技の練習を、両親を殺して捕まった後になっても、継続していたのだろうか。そこがあまりに意味がわからない。刑務所の狭い部屋の中で、独り厳しい練習メニューをこなす絹澤匠の表情と心情が、理解も想像も不可能だ。

絹澤匠の伯父は、それが彼の意思によるものだと言った。

しかし、果たして本当にそうなのだろうか。

自らの意思で身体を鍛え続ける者が、自ら死を選ぶだろうか。

しばらくあれこれ考えた末に、私はある可能性に思い至った。

もしも絹澤匠が陸上競技に関わること自体が、本当は彼の意思によるものではなかったとしたら。もしそうだとしたら、「陸上競技に人生を賭けていた」と称される彼のその日常は、——一体どれだけの責め苦となるのであろう、と。

そういえば、絹澤匠はＳＮＳでずっと苦しみを訴えていた。

◆禁忌題目の簡易プロット　Ver.3.0（筆者作成）

『日常生活に溶け込む「顔」の怪異（仮）』

［ジャンル］現代オカルトホラー
［テーマ］安定していると思われている日常の脆弱さ
［一行ログライン］
「強迫観念を植え付ける」顔の怪異により、悪徳ライターは究極の選択を迫られる

［起］
交際相手を調理して食べる猟奇殺人が発生。捕まった犯人Aは「顔の化け物の幻覚にやらされた」と不可解な供述をする。過去の事件に酷似した内容の供述をした犯罪者らがいたと気づいた主人公。彼は金に汚い悪徳ライターで、美人ながら社会不適合者である妹を養っている。二人は小銭稼ぎのネタになると踏んでその事件の調査を開始。Aと面会を重ねていくうち、主人公の妹は「顔の怪異」の幻覚に苛まれ始める。

［承］
過去に暴行事件を起こし「顔の怪異」の供述をした元犯罪者Bを発見、脅して次の内容を聞き出す。「顔の怪異」は適性がある者に伝染する。幻覚が視え始めるとやがて「抗うことが出

来ない強迫観念」が出現する。強迫観念の内容は人によって千差万別ながら当人の無自覚な願いに関連性がある。Bは「舐められないように周囲の人に暴力を振るって怯えさせないといけない」という強迫観念に駆られて事件を起こした。Bが後に自ら両目を潰したのは、強迫観念から逃れるにはそうするしか無かったからだと言う。

［転］

やがて妹に「自傷行為」の強迫観念が出現。主人公は妹の強迫観念を消す方法を見つけるため「顔の怪異」の出処を探し回り、やがて壊滅した自己啓発カルト団体の施設の廃墟《はいきょ》の書庫に行き当たる。元々「顔の怪異」はある古い土着信仰で「私は○○する、と神に誓いを立てると、それを成し遂げるまで神が手助けする」というものだったが、カルト団体が悪用しはじめてから現在のような強迫観念の呪いに転じたらしい。零落し信仰されなくなった「顔の怪異」の神を鎮めるため、主人公は手段を尽くす。

［結］

有効と思われる最後の手段も効果は薄く、妹の強迫観念は常軌を逸していく。追い詰められた主人公は「顔の怪異」に誓いを立てる。「妹の強迫観念を消すためにどんなことでもする」、と。その日から主人公は「顔の怪異」が視えるようになり「妹の強迫観念を抑えるのと引き換えに、『顔の怪異』の感染者を増やす手伝いをしないといけない」ことを理解する。これがただの無意味な強迫観念ではなく、効果が伴うことを祈りながら、主人公は「顔の怪異」の犠牲者を自らの手で増やしていく。

※改善検討事項
・だいぶ形になってきたのでは？
・後味も前ほど悪くなく、突飛さも抑えられている

【筆者メモ】

二〇二三年一月三日未明。

私は絹澤正樹氏へのインタビューを終えてから、クリスマスらしいクリスマスも過ごすことなく、簡易プロットの作成に試行錯誤していた。

外に出る時と言えば、必要最低限の生活費を稼ぐための仕事に向かうか、もしくは通院のいずれかというほどだった（その頃から原因不明の目眩《めまい》と睡眠障害が悪化し、常に視界の隅に違和感を覚えるなど悩んでいた）。

およそ正月に似つかわしくない状況で出来上がったこのプロット第三弾。

一晩寝かせて落ち着いて読んでみても中々に会心の出来ではないかという自画自賛の思いは消えなかった。やはりあの実地取材が刺激になったというか、功を奏したのだろう。

担当編集者の佐藤氏には、近況報告がてら「絹澤匠の伯父へのインタビューを行った」こと、「そこから今回の着想を得た」旨もそれとなく書き記しつつ、このプロットデータをメールで送り付けた。きっと今回の出来ならばいけるはずだ、そんな確信があった。

◆　担当編集からのメール3

----- Original Message -----
From：“佐藤太郎” <sato-t@[redacted].jp>
To：“Rinto-H” <Rintoh0401@[redacted].co.jp>
Date：2023/1/17 火 17:09
Subject：Re: ホラー小説のプロット案

八方鈴斗様

長らく返信が出来ず、すみませんでした。

年末にかけての諸々《もろもろ》の業務に追われて、予想以上に立て込んでおりました。

現実の事件関係者に直接取材を行ったとのこと、かなり驚きました。その成果なのでしょうか、今まで八方さんからプロット案やアイデアを出していただいた中でも、今回のライター兄妹のプロットは最も可能性を感じるものとなっています。

切り口の魅せ方もＧｏｏｄです。ただホラー展開に苛まれるだけでなく、その状況下における人間ドラマの展開もいけそうですね。強いて言うならば、軸となる怪異の恐怖がややわかりにくいところもありますが、それもまた新奇性に繋がるかもしれません。

ただ、「禁忌題目」ではあるので、再度編集長に掛け合う形になります。今回は私も時間が出来ましたので、腰を据えて説得してみます。最悪の場合、禁忌になる部分だけマイナーチェンジさせてしまいましょう。しばしお待ちください。

[redacted]株式会社　出版事業部
第二編集部　佐藤太郎
〒102-9999 東京都千代田区[redacted]ビル5F
MOBILE：080-4444-[redacted]
sato-t@[redacted].jp
www.[redacted].com

---- Original Message ----
From：〝佐藤太郎〟 <sato-t@[redacted].jp>
To："Rinto-H" <Rintoh0401@[redacted].co.jp>
Date：2023/1/17 火 17:18
Subject：Re:Re: ホラー小説のプロット案

八方鈴斗様

度々すみません。

一つだけ、聞かなければならないことを忘れていました。

うちのレーベルで「[redacted]」シリーズを書いていただいている、Kさん。確か八方さんって、元々Kさんと同級生で、お友達なんですよね？

最近Kさんと連絡を取りましたか？　実はここ数日、弊社内でのKさん担当編集が「Kさんと連絡が取れなくなった」と困っておりまして。ただ、まだ数日レベルなので、そこまで緊急性があるわけではないのですが、何かその理由をご存じないですか。

ちょっとした理由で返信が滞っているだけならば全然構わないのですが、スマホやパソコンに不具合が出た程度ならともかく、もし急病なんかだとすると社内スケジュール的にも不味《まず》くなってきます。

可能であれば八方さんの方からも、確認してもらえると助かります。

[redacted]株式会社　出版事業部
第二編集部　佐藤太郎
〒102-9999 東京都千代田区[redacted]ビル5F
MOBILE：080-4444-[redacted]
sato-t@[redacted].jp
www.[redacted].com

◆ 藤石宏明の担当編集者が保存していた留守電記録

［電子音声］ 一番目の、メッセージです。一月、十九日、午前、四時、三十三分

ザ――――（強い風のような音）
「はあ　はあ　あっ　す　すんません　僕です　藤石です」
ギャアギャアギャアギャアギャア（カラスの鳴き声らしき音）
ザ――――ザッ――――（強い風のような音）
「ちっ　ニタニタ笑いよって　あっあの　ちゃんときこえとりますかね？」
「すんません　ほんますんません　くそボケが　なんでや　なんでなん」
アアオウアアオウアアオウア（カラスの鳴き声のような音）
「に　二宮さん？（編集者の名前）」
「月末までに仕上げるいうたけど、やっぱムリみたいやね　ムリというか」
「僕はなんか　失敗してもうたみたいでして　もう書けんかもしれんねや」
ザ――――ザッ――――ザッ――――（強い風のような音）
「くそ　なんでこんなんなってしまったん　ヒッ、ヒヒヒッ（啜《すす》り泣く音？）」
「書いとったんか　書かされとったんか　もうわからんようになってしまって」
「もしも後者やったら　僕は　僕は　ちくしょう　知らんとけば良かったんに」

「頼む　これで消えてくれ　頼む　頼みます　おねがいです　どうか　消えて」
パチッ　パチパチパチッ（燃える何かが爆《は》ぜた音）
ザ――――――（強い風のような音）
ザ――――――（強い風のような音）
「あかんか　これでもお前は」
「ほんならもう　耐えられん　僕は」
ザザ――――――（強い風のような音）
ザッザッ――――――（強い風のような音？）
「ただダ　ピツ、ぴつうしますう　断筆す　しぃい　ます　ううううう」
ギィヤァギィヤアギィヤァ（カラスの鳴き声らしき音？）

［電子音声］　もう一度聞きたい場合は、一、を、次のメッセージを再生する場合は、二、を押してください。保存したメッセージを削除する場合は、九、を押してください。終了する場合は、ゼロ、を押してください

◆友人作家とのやりとり４

『――を押してください。終了する場合は、ゼロ、を押してください』

　そのアナウンスを最後に音声が止まり、端末画面がゆっくりと暗くなっていく。

　赤提灯《あかちょうちん》系の飲み屋特有の、どこか心地良い暖かな喧騒の真っ只中にいるにもかかわらず、私たちのテーブルだけは切り離されたかのように空気感が違った。

　私の前に座る、少し痩《や》せたＫは伏し目がちにジョッキを傾ける。

「ん？　――まあ、ちょっとここ最近、忙しかったんだよ」

「もうちょっと身体に気をつけなよ――それで、この音声って、藤石宏明の？」

「おう。やっと当時の担当編集と会えてな、録音させて貰《もら》った」

　先日担当編集の佐藤氏から来たメールの内容がどことなく気にかかって、Ｋにメッセージを送ったところ、やや間こそあったものの拍子抜けするほどに普通に彼から返信が来た。

　面白いものを手に入れた、近いうちにどこかで飲まないか、と。

　私自身も近況報告したかったこともあり安請け合いし、そうして当日現れたのがこのやつれながらも多幸感に溢れた顔をしているという、不可解な表情のＫであった。

「じゃあ、フェイクの可能性はない、ってこと？」

「そう。……たまんないだろ？　現実と架空の区別をきちんと出来て、それを狙い通り操縦するから読者を魅了する『超一流の作家』がだぜ？　その最後が、架空の存在であるはずの怪異に毒されて、こんなふうに成り果てたってワケだ」

それはそれは楽しそうなKは、どこか義務的にジョッキを空っぽにする。

よほど気分がいいのだろうか、飲むペースはいつもの数倍以上の速さだった。

私は私で頼んだ日本酒を少しずつ傾けつつ、ここしばらくの間で体験したこと、知ったことを仔細《しさい》に彼に伝えていく。一通り終えた後、Kは言う。

「ははあ、八方先生も意外と繊細なところあんだな」

「やめてよ。……ほら、なんか怖いスイッチみたいなのが入っちゃうことって、ない？　普段なら全然平気なホラー動画も、その時に見るとめっちゃ怖く感じるみたいな」

「逆ならわかるけど、怖さの解像度が急に上がるってのはピンと来ねえなあ」

「おかげで寝不足気味だよ。ただでさえ色々不調がちだっていうのに」

「まあ結果オーライだろ。こんなに面白い体験出来てるんだから」

私には分かる。

皮肉でもなんでもない。

Kは本心からそう言っているのだ。

「はあ？　そりゃあ皮肉なわけねえでしょうよ。——お前さあ、これは、ひょっとするともしかすると、『本物の怪異』かもしれないんだぜ。俺たちがそれらしく創作したごっこ遊びのまがい物じゃあなく、正真正銘のガチのやつ。心、躍らないの？」

思わず私は、笑みを溢《こぼ》してしまった。

「……ああ、やっぱそう言うんだ」

「ん？　なんだよ、その反応。怪異って言葉が胡散《うさん》臭いってか？　それじゃ、認識すると脳が深刻なエラーを起こす諸情報群ってのはどうだ？　それとも現在の科学技術では未だ解明されていないこの世界の自浄作用による影響、っていうのは？」

放っておいたら無限にアイデアを出し続けそうだった。私は先んじて制す。

「別に怪異でいいよ。……いや、ただ、いくら作家といえど——いや、作家だからこそ、か。実生活ですべき発言じゃないなって思って。『本物の怪異かも』だなんて」

「はは、そりゃそうだ。ついに頭がおかしくなったとしか思われねえわな」

しかし、私は正直に言うと、Kならいつか必ず言及すると思っていた。

これが『本物の怪異』である可能性——私独りで思うだけなら怖くて怖くて口には出せないが、彼さえそう言及してくれるなら、私はどんな怖さも蓋をして大見得を切ることが出来る。

「本物の怪異、か。確かに刺激的で貴重な体験だよね。人生観が変わるくらいに」

Kはだよなあ、とそれはそれは嬉しそうに頷いた。

私は己の恐怖を悟らせないように、口元に不敵な笑みを形作る。

どうしてこんな馬鹿な真似をするのか、不思議がる人もいるかも知れない。

怖いのならば無理せず、そんなものに近づかなければいいじゃないか、と。

だから、ここできちんと理由を提示しておくべきなのだと思う。

私がずっと秘密にしてきた感情。当人であるKには絶対に知られたくない想い。大切な親友に対しておよそ向けるべきでない、慕情によく似た憧憬《どうけい》と執着と劣等感。どんな方法でも構わなかった。とにかく私はほんの少しでも、彼のいるところへ近づきたかったのだ。

▽

これまで得られた情報をKと擦り合わせていく。

私は絹澤匠の殺人事件に関連する情報を主にして、それに加えて何かしら共通点を見出して記録した諸々のデータ。Kは主に、藤石宏明の失踪に関連する情報。

しかし、私たちは刑事でもなく、何かしらの機関の捜査官なんかでもない。

出来ることといったらそれほど多くなく、繋がりそうな出来事を繋いで粗の少ないエピソードを紡ぐこと、それから人物たちの行動原理を考えることくらいのもの。

当人にしか視えない、顔の幻覚。

実害のない、ただの幻覚とされるもの。

「でも、それっておかしくねえか？　実害のない幻覚だろ？　最初はそりゃ怖いだろうけど、そんなのずっと続いてたら嫌でも慣れちまうだろ」

「私はそれっぽい顔を見て、全身鳥肌立ててビビり散らかしはしたけど」

Kは呼吸をするようにジョッキを空けていく。

「――ふう。だから、初めのうちはそうかも知れねえけどさ。でも十数回以上も見せられてりゃ嫌でも慣れるって。考えてみろよ。幼少期から怖い幻覚見て育ってきたキャラがさ、大人になってからもその幻覚を初めて見た時と同じように全身鳥肌立ててビビり散らかすシーンなんて書き続けたら、絶対リアリティ不足だって読み手から突っ込まれるだろ」

そう言われると腑《ふ》に落ちる。確かにそれもそうだ。

「それじゃ、絹澤匠が不安定になった理由はそこではないって、Kもそう思うの？」

顔の幻覚には、実害がないとされていた。

あったとしても表情が変わる程度のもの。

「そりゃそれだけじゃ動機が弱いだろ。顔の幻覚に苛まれるヤツらは大抵、最終的には死ぬなり殺すなり捕まるなり失踪するなり、なんにせよ悲惨な最後を迎えてんだろ？　そうなっちまうに値する、共通する大きな苦悩が伴わないとおかしい」

大きな苦悩。それは例えば――。

寝食を後回しにして彫刻に没頭するような。

物陰から道路に飛び出す自殺行為をするような。

手がボロボロになっても縫い物を続けてしまうような。

リアリティ不足な陰謀論にハマり他者に危害を加えるような。

そして、好きでもない陸上競技に自分の人生の全てを捧《ささ》げるような。

「思い当たるっていうなら……彼らがしていた——偏執的な、異常行動」

「仮にそうだとして、そんな異常行動の苦悩が最も大きくなるシチュエーションは？」

Ｋは笑い出す直前の表情を保ったまま、ビールを飲み干す。

どうやら彼は、すでに自分なりの答えを用意しているらしい。

「異常行動をしないと不安になるとか？　異常行動している間は自分の意識がなくて、それに後から気づいて後悔する？　……いや、違う。やっぱり一番嫌なのは、自分の意識は正常に保たれてるのに、身体が勝手に異常行動を強制されるってこと、かな」

Ｋはどこか嬉しそうに、その大きな身体を揺すった。

「俺も、それが一番怖いと思う。お前がプロットをそう立てたように」

そこで私は、ふと不安になった。

「あれ。そうだとすると結果的に、私が勝手にその『顔の怪異』を、自分の作品のプロットに落とし込んだというか、そんな風になっちゃうんじゃないかな」

Ｋは真剣な顔で、語勢を強めて言う。

「いや、だとしても、絶対このままいけ——別に怪異に版権があるわけでもなし、なんなら『実在する怪異を描いた』なんて良いウリ文句になる。そういう生々しさや凄まじさが良いんだよ。だからこそ、お前の担当編集だってアクション起こそうと思ったんだろうしな」

私は思わず、絶句してしまった。

——あのＫが、遠回しにとはいえ、私のプロットを評価した？

私はそれはもう、必死に顔に出さないよう努めた。

しかしその内心は、天にも昇るほどの喜びで満ち溢れていた。

だって、あのＫにだ。私を創作への道に誘っておきながら、あっという間に置いてきぼりにした彼が。それからずっと業界の最前線で輝き続けている天才が、だ。

そんな彼が、褒めた。才能乏しい私の、このプロットを。

訳もわからず泣きそうになってしまった。なんとか堪《こら》える。それからデレデレと締まりの無い顔をしていないか不安になった。不自然だろうが、もう手で顔を隠すことにした。こちらの気も知らずにＫは、店員にお代わりと空のジョッキの回収を頼んでいる。

よくもそうビールばかり飲んでいられるものだと私は呆《あき》れてしまった。

ビールが届くまでも我慢できず、堰《せき》を切ったように私は着想を伝える。

「……私は、絹澤匠が陸上の才能と適性があって努力を続けたというよりも、『何か不思議な力で陸上競技を強制されていた』と感じたんだ。顔の幻覚は直接的な害は為さないんだけど、そういう異常行動を強制してくるんじゃないかって——」

幼い頃から顔の幻覚を見て、陸上競技の才能に期待された絹澤匠。

しかし、彼は陸上競技を行うのは自らの本意ではない旨をSNSで吐露していた。

つまり彼が陸上競技を行うのは異常行動を強制されているのと同様の状態だ。

いくら我慢しても、さらにまた厳しいトレーニングを強制されていく、終わりのない日々。

本人の意思が一切存在しないそれは、きっと人生が拷問に等しいはずだ。

物心ついてから約二十年、その精神はずっと摩耗され続けた。

そうして引き起こされたのが、あの事件なのではないか。


「――もしかしたら絹澤匠は、顔の幻覚が両親からの期待に縛られるストレスから見えるものだと思ったのかもしれない。同時に、重罪を犯して逮捕されれば強制的に陸上競技から離れられると思ったのかもしれない。それで、それで、それで――」


それで、本当に両親を殺してしまった。

憎むべき幻覚への意趣返しのように、二人の顔を剝ぎさえして。

そしてそこまでしたというのに、顔の幻覚は消えることなく、異常行動の強制も止まることなく――自らがしたことが〝なんの意味をもなさない無駄な行動〟だったと気づいた瞬間、絹澤匠はどれだけの絶望と後悔を覚えたのだろうか。

お酒を飲んでいるのにもかかわらず、私は軽く身震いしてしまう。

「……そりゃあ、死にたくもなるか」

そう呟いたKは、到着したビールをぐっと呷《あお》る。

私はふと、Kが何杯飲んだのか気になった。

彼は酒に強くはあるが、こうもお酒を痛飲するのは珍しい。創作に悪影響が出るから、どれだけ飲みたくても嗜《たしな》む程度に抑えている。かつてそう言っていたことを思い出す。

「いや、俺の話はいいっての。今はこの『顔の怪異』についてだ。……藤石宏明が最後に残した留守電記録でも、笑う『何か』に苛ついて、しかも消えてほしいと懇願してた。そしてそれが叶わなかったから、断筆すると言ったように受け取れるだろ?」

そうすると、こうは考えられないかとKは言う。

対談相手だった波導エリを経由して『顔の怪異』に関する情報を知った藤石宏明。興味を持って調査するうちに顔の怪異に取り憑《つ》かれ、やがて何かしらの異常行動を強制されるようになった。どうにかそれを解消しようとしたものの結局敵《かな》わず、断筆宣言をして失踪した。

「書いてたのか書かされてたのかわからない——なんて言うくらいなら、あの速筆力が実は顔の怪異の異常行動の強制によって実現可能になったことだったりしてな……いやまあ、そうすると前後関係がおかしくなるから違うだろうが」

「そんな強制力なら、私はむしろ望むところだけれど」

しみじみと漏れてしまった呟きに、Kは呆れながら言う。

「はは、そんなにいいもんじゃねえ気もするけど。というかお前さ、きちんと理解してんの?

「……この推測が正しかったら、お前もまた、そのうち『顔の怪異』がくっきり見えはじめて、果ては何かしらの異常行動を強制されるかもしんねえぞ？」

今まで出来るだけ考えることを避けていた、その当然の帰結。

暖房が強いわけでもないが、私は背中にじわりと汗をかく。

「まあ、それは――そういうことに、なるか。なるよね」

Ｋは、鋭い視線をこちらに向ける。

その目は血走っていて、何故か少し黄ばんで見えた。

「……今のところ、何かを強制されている感じはないのか？」

「わからないけど、特には……。もしかすると、悪化するのにも何かしらの条件というか、適性とか、トリガーみたいなものがあるのかもしれないし」

大した根拠もない。希望的観測でしかない言葉だった。

それでどれだけ誤魔化したって、怖いものは怖い。怖いのだけれど。

これで凄まじい作品を生み出して、あの頃のようにまたＫの隣に立てるのであれば。

それ以外のことなんてどうでもいい――というのが、私の正直な気持ちだった。

そんな心の中を見透かされるのが嫌で、私もＫに負けじとお酒を呷る。

喉元《のど》を通る温かな塊は臓腑に落ちていくまでの感覚もはっきりと分かって、それから寝不足で痛みがちな頭の中がじんわりと軽くほどけていくような感じに浸る。

Ｋは薄く笑った後、身体の緊張をふっと解いて、

「ったく、なんだよその」

ひぎぅっ

その奇妙な音は、Ｋの喉元から聞こえた。

瞬間、彼が伸びをするかのように急に大きく上半身を反らしたと思いきや、バネ仕掛けのオモチャのごとく腰から折れ曲がる。どたん、と顔から勢い良くテーブルの上に突っ伏す。

感電でもしたのかと思った。違った。

次いで彼は、酷い咳をした。いや、し始めた。

――ごほっ　ごほごほんごほごほっ

店内に響き渡るほどの大きな音。延々と続く。その度に身体を細かく痙攣《けいれん》させる。

――げほっ　ひゅう　ごほごほごほごほぼぼごぼ

痰《たん》が絡んだなんて生易しいものではない。止む気配が見えてこない。喉奥の大事な部分の肉が腫《は》れて千切れたのではと荒唐無稽《むけい》な妄想がよぎるほどの、たまらなく厭な咳。

時節柄か、周囲からの視線が一気に集まる。その刺々《とげとげ》しさに私は怯《ひる》んだ。嫌悪感まるだしで、悍ましいモノに向ける瞳。私は必死に、震える喉からなんとか声を絞り出す。

「えっ、K？　ちょ、だ、大丈夫？」

そんな蚊の鳴くような声など容易く掻き消して、Kは咳き込み続ける。

直前まで赤みを帯びて笑っていた彼の顔。

今は赤と青白さが入り混じり喘《あえ》いでいる。息を吸おうとする度に必ず失敗し、更に肺の空気を咳と共に吐き出していく。加速度的に色を失っていく顔はもはや死人のそれだった。

「大丈夫？　K？　K？　きっ――救急車、」

鞄《かばん》。携帯端末を取り出す。指紋認証が上手く突破できない。その数秒が尋常じゃなく長かった。もどかしさでどうにかなりそう。手汗ですべる。画面の反応も悪い。幾度か間違いつつ一、一、九、と押す。耳に当てようとして、端末が滑り落ちる。

突然、世界から音が遠ざかっていく。

「――――？」

あれ。

今、私は、せせら笑われていなかったか。誰に？　誰にだろう。人がこんなにも切羽詰まっているその姿を、面白おかしく眺めるやつは誰だ。

「こんぁ………ぉ、ぉもしろ………だぁれだ」

誰が言った？　私の口から何か聞こえたような気がする。

心臓の音がやけに煩《うるさ》くて、それが何だったのか判別できない。

せせら笑ったと思しき、その顔。どこか既視感がある、その顔。腐肉のように蠢いている、その顔。唐突に解像度を増していく、その顔。誰のものでもない、誰かのその顔。

Ｋの顔が、すげ替わっている？

「え、あ、あ、あれ？」

全く知らない顔が、笑う。笑っている。

二度三度瞬きをした時には、その幻覚は視えなくなった。

「あれ、今、え、え？」

我に返る。今、Ｋの顔の中に「顔の幻覚」がいなかったか。

それはさながら、質の悪いコラージュのように。

何だか酷く、厭な予感がした。


——げぼっ　　はぁっ　ふうっ　ふっ　はあ　はあ　はあ

少しずつ音が戻っていくのと同時に、Ｋの呟は落ち着いていく。

周囲から奇異の目で見られても仕方ない程に、私は汗だくになって動揺していた。

▽

「はあーっ、びっくりした」

治まってしまえば、さっきのことがまるで嘘だったかのようだった。

けろりとした顔で再びビールを傾け始めるKに、私は恐る恐る尋ねる。

「……びっくりした、で済ましていいものじゃないでしょ。本当に。死んじゃうのかと思った。熱とか、息苦しさとか、ないんだよね？　大丈夫なの？」

「ああ。平気だっての。変なとこ入ってオエってなっただけだよ」

「――あんな馬鹿みたいな勢いで飲んでいたら、嘔吐しかけてもおかしくないよ。酔いすぎなんじゃないの？　今日のK、なんかちょっと、変だしさ」

口の隅に泡をつけたまま、Kは心外そうな顔をする。

「おおげさだなあ。ちょっと喉渇いてるだけだっての。……ってかさ、そんなこと言い出したら、お前だって今日、ちょっといつもと違わねぇか？」

私は戸惑った。そんなことを言われる心当たりなど全くなかった。

「ほら、おかしいと思わねぇの？　その喋り方も、その振る舞いもさ」

「え？」

「自覚ないのかよ！　おいおい、お前の方が酔っ払ってる説があるぞ」

「………ど、どういうこと？」

不思議がる私を見て、Ｋは言いあぐねた末におもむろに携帯端末を操作し始めた。私は自らの行いを反芻する。果たしてそんな変な物言いをしているだろうか。

ふいに、ぴろん、と音が鳴る。

Ｋは携帯端末のカメラを断りもなく私に向けていた。

どうやら動画を撮影し始めたらしい。またこの男は何をする気だか、と呆れる。そもそも私は動画に撮られるのがあまり好きではない。彼だってそれを知っているはずなのに。

「ちょっと、カメラ止めてよ」

再び、ぴろん、と音が鳴った。ほっとした私は二合徳利《どっくり》を手酌で空にし、脇を通った店員におかわりをお願いしていると、Ｋはどこか悪戯《いたずら》っぽく口元を歪ませつつ言う。

「なあなあ、これ観てみろよ」

「良いよ、別に観たくない」

いいからと押し付けられた端末の画面に、今しがた撮影したばかりの動画が再生されていく。

そこには当然、お猪口《ちょこ》を携えたほんの今さっきの私の姿が記録されていて、

『どぅやら……しぁじめた、らしぃ。まぁ……このおとこ……ぁきれる』

私は全身に鳥肌を立てた。動画に映った私はまるで私ではないようで、

『……、そもそもわたしぁ…………ぁすきではなぃ……かれだって……』

焦点の合わない目でずっとぶつぶつぶつぶつ不明瞭な独り言を述べて、

『……しっているはずなのに……。——ちょっと、カメラ止めてよ』

ふいに正気を取り戻したかのように、こちらを見据えそう語りかけた。


そこで、動画は終了する。

あまりの気味の悪さに、すぐに言葉が出てこなかった。

「え、これ、え、なに。私、…………喋って、る？　こんな風に？」

どうかタチの悪いドッキリであって欲しくて、縋《すが》るようにKを見てしまう。

「おいおいおい、重症だな——ここ来たときから、たまにそんな感じになってんぞ」

そんなの、自覚がなかった。ほんのこれっぽっちも。

「嘘でしょ……、そんな……」

凄まじい力に潰されるかのように、心臓がぎゅっと痛くなる。

「ほらさ、お前。最近ネタになるからって何かと記録魔みたいなことしてんだろ？　音声のやり取りだって全部録音してさ。だからてっきり、この飲み会で記録しておきたいこと、小声で音声メモに吹き込んでんのかなーって思ってたんだけど」

違うの？　と首を傾げて問うてくるＫ。

それに対し、私は何一つ答えられない。

確かに、ネット記事なんかのデータを保存しておくことの延長線上の行為として、普段から音声の記録も習慣づけていた。この前の絹澤匠の伯父と話したときだってそれが役立って、精度の高い記録を残すことが出来た。

しかし、自分がそんな奇行をしていたなんて、全く気づかなかった。

いったいいつごろからだろうか。自ら録音したものを聞き返すこともあるというのに。Ｋに言われるまで気づかないだなんて、普通そんなことありえないだろう。

自覚のないままに、私はもう手遅れなくらいに毒されているのではないか。

私は何を喋っている？

それとも、もしくは。

私は何を喋らされている？

誰かが、私をせせら笑っている気がする。誰が？　誰でもない、誰かの顔が脳裏にちらつく。やめて欲しい。自分が自分でなくなっていく冷えた感覚。頭の中に感じる異物感。私の精神は、まだ私だけのものだろうか。痛みという実感を伴わないからこそ、何よりも恐ろしい。

「顔の怪異」は、私たちの予想を遥かに超えた、悍ましいものなのでは？

「……ははっ。まあ飲みの席なんてハチャメチャになってナンボだろ。今日は八方先生のプロット段階のクリアを祝して、俺の奢《おご》りといこうじゃん。べろべろに酔おうぜ。な？」

あまりに場にそぐわない明るさで、Kは軽々しくそう言った。


ますます気分が悪くなってくる。

もう一つ、嫌なことに気づいてしまった。

私はKに、どこまでを話してしまっているのだろう。

Kにだけは絶対に知られたくない、私がずっと秘密にしてきた感情。

もしも先程のように、無自覚に呟いてしまっていたとしたら——そう思うと酷く恐ろしくなる。Kはどう思ったのか。彼はなんだかんだと優しい。だからといって、このどろどろに濁った私の仄暗い感情を無条件に受け入れて貰える？　まさか。そう考える方が頭がおかしい。

表立って気持ち悪いなお前と馬鹿にされる程で済めば、これほど幸いなことはない。

これからしばらく距離を置かれてしまったとしても、それもまだマシな方なはずだ。

これが。もしも彼が、内心で微塵も受け入れられないほどの拒否感を覚えていたら。

彼との関係性がもう取り返しがつかないほどに修復不可能となってしまっていたら。

私は、もう。彼の顔を、見ることができなかった。


怖い。

どうしよう。

動悸が激しくなる。

段々と身体を強ばらせてしまう。


「――ハイこちら徳利おかわりでーす」


ことり、と店員が置き去りにした白磁の太い筒。私は耐えられず、持ってきてもらったばかりのそれにそのまま直接口をつけ、一気に飲み干しにかかった。

言うまでもなく、すぐに前後不覚に陥るはずだ。

Kは腹を抱えてげらげらと笑っている。

笑っている〝フリ〟かどうかは分からない。


次に目覚めた時、何もかも夢となっていてくれないだろうか。

私は全てから目を逸らすべく、ひたすら酒に溺《おぼ》れることにした。

▽

それからのことは——。全く思い出せなかった。思い出したくもなかった。
何を話して、どうやってお開きになって、それからどのように帰ったのかも記憶にない。翌朝、お風呂に入ることもなく、着替えることもなく、私は死んだように自室の布団に横たわっていた。凄まじい二日酔いに苛まれ、そして丸一日をふいにした。

頭痛と吐き気の合間に、幾つかの浅く短い夢を見る。
その中で、私はKと、創作論について語り合う。
そんな、楽しい夢を見たような気がした。
たぶん、それは私の願望だろう。

◆　担当編集からの電話

「あの――八方さん、ご存じですか」

その頃になると、私は夜眠ろうとすると必ず「顔の幻覚」の悪夢にうなされるようになっていた。睡眠不足を誤魔化すには気休めにしかならない浅いうたた寝を妨げたのは、それはそれは珍しいことに担当編集の佐藤さんからの電話だった。

どことなく焦りを感じさせるその口ぶり。

重版なんかの良い知らせではなさそうだ。

「……K先生が、亡くなりました」

その言葉に、私は絶句した。

――Kが？　何度殺したって死ななそうな、あの本物の天才が？

頭の中がちりちりと痛んだ。酷い風邪の時のような悪寒に襲われる。

また悪夢でも見ているんだと思って、内腿《うちもも》のあたりを指先で強くつまむ。

痛い。醒《さ》めない。さらに力を強める。痛さの中で懇願する。どうか覚めて。悪夢であって、と。しかし、どれだけ力を込めようとこの悪夢から目覚めることが出来ない。

耐えられなくなって指を離すと、内腿には赤黒い痣《あざ》ができていた。

「もしもし？　大丈夫ですか？」

「あ、すっ、すみません…………どっ、……どうして？」

「まだ警察の方が現場検証中で、なんともいえませんが。部屋の状況を見るに、急性アルコール中毒か、酩酊《めいてい》して吐瀉《としゃ》物で窒息したのか。……あの、八方さん一昨日にK先生と飲んでましたよね。K先生がSNSにあげてましたし。何か様子が変だとか、なかったですか？」

「そ、それは……その、え、どうだろ」

「あ、それと、八方さん宛らしい走り書きが残っていたんですが、『やっぱりこれは本物だ。俺は酒を飲む強制に抗えない』と書かれていて——この意味、わかります？」

携帯端末を持つだけのことが難しいくらい、手が震えた。

私のすぐ背後で、腐肉のような顔がほくそ笑んでいる気がする。

◆ 友人作家のマンションにて

二月十日。都心にしては珍しく、朝から雪がちらつく日だった。

先に到着していた二人――Kの担当編集と私の担当編集である佐藤さんに、二言三言の必要事項を交わした後、小さく息を吐いた私は力なくKの部屋へと足を踏み入れた。

Kの亡骸《なきがら》は、既に運び出された後だった。

暖房を消された直後のような生温《なまぬる》さを、私は静かに掻き分けながら進んだ。

私の自室よりも何倍も広い室内。数多の小説がジャンルレスに埋め尽くされている。執筆の際に使っていたであろうデスクトップパソコン、座り心地の良さそうなオフィスチェア。

それらを見ていると、快活に笑うKがすぐそこにいるような気さえしてくる。

しかしその反面、そこら中にビールの空き缶が転がり足の踏み場もなく、部屋には乾いた酒の臭いなのかそれとも死臭なのか酸っぱい臭いが充満している。

それが、あまりにも彼と結びつかない。

窓という窓を全開にしても臭いは少しもマシにならないらしい。不織布マスクを軽々と貫通して吐き気を催してくる。半端に潰された空き缶の隙間に、血の交じった吐瀉物があった。

この床のあたりだったそうだ。Kは、大の字になって倒れていた。

それを想像した瞬間、長年の彼との思い出が駆け巡った。

鼻の奥がつんと痛くなって、視界が一気にぼやけた。

結局のところ、直接的な死亡理由は多量の飲酒による急性アルコール中毒だと判明し、事件性のない事故死だと結論づけた警察官らは、いそいそと去っていったようだ。

そんなわけがあるか、私は涙を拭いながらそう思う。

彼は酒に溺れる程弱い人間じゃないし、息をするかのように創作活動に打ち込むし、どんなものを書いたって破茶滅茶《はちゃめちゃ》に面白い天才作家なんだ。そう言ってやりたかった。


違う。そうではない。そういうことではない。


あまりの衝撃で馬鹿になった頭を、無理やりに働かせる。

Kも私と同様——いや、きっと私より早く「顔の怪異」に取り憑かれていたのだ。

最悪だった。「顔の怪異」が取り憑く条件は正確には分からないが、少なくともその存在を知ったことが一つの契機になることは間違いない。嗚咽が込み上げる。


つまるところ、彼が死んだのは、紛れもなく私のせいだ。


私が、「顔の怪異」に興味を持たなければ。

「禁忌題目」なんかに、手を出さなければ。

そうでなくとも、Kに伝えさえしなければ。

自らが呪わしくて呪わしくて、仕方がなかった。

そもそもKと最後に会った時、私は彼の様子のおかしさから察すべきだったのだ。

彼があんな酒の飲み方をするのは普通じゃない、と。

顔の幻覚を見ていたにしては全然怖がる素振りがなかったのも、彼のことだからそれこそ「見慣れた」のか、もしくは幻覚症状という貴重な体験を面白がっていた可能性だってある。

私なら、私だったら、彼の性格からそれに気づけたはずなのに。

やはりあれは、取り憑いた相手に異常行動を強制する。

そして何を強制されるのかは、取り憑かれてみないと分からないのであろう。

Kの場合は、あろうことかそれが「飲酒」だった。私のように何を強制されているのかまだ判別つかないこともあるというのに、どうしてあのKに限って、こうもすぐに死に繋がる異常行動を強制されたのか。だって、普通は逆じゃないか。

彼のような天才こそ生き残るべきで、私のような凡才が死ぬべきだ。

もしもこの異常行動の強制を交換できたなら、と有り得ない妄想が広がる。

そうであれば、私は一瞬迷いこそすれきっと交換したに違いない。だって、私が身代わりになって死んだなら、Kはきっと、私のことを一生覚えていてくれるはずだから。

それはきっと、私にとって何よりも代えがたい瞬間で――。

ああ、違う。そういうことを考えている場合じゃない。

それじゃあ、何を考えるべきなのか。

内なる声への苛立ちも、涙を止めるには至らない。

どうすればいい？　贖罪《しょくざい》の方法？　この顔の怪異から逃れる手段の模索？　Kを殺した自分がそんなことを考えていいはずがない。私は地獄に落ちるのがお似合いだろう。

ふと、Kの著作がずらりと並んだ棚が目に入る。

もう二度と、ここに新作が増えることはない。他ならぬ私のせいで。

その事実に立っていられない程の目眩を覚える。それ相応の責任を取らないでどうする。この場で死ぬことが償いになる？　私程度の命で？　あの天才作家が生きていれば世に出したであろう素晴らしい作品群が、私ごときの人生を放棄するだけで釣り合うとでも？

違うだろ。私がすべきことは。

私の、すべきこと？


——凄まじい作品を、世に放つ。


降って湧いた、その考え。

あまりに、あまりに馬鹿馬鹿しすぎて笑いを堪えられない。ああ、駄目だ。もう少しで連絡を入れたKの両親が来るというのに。Kの担当編集と佐藤さんが部屋の外でどこかへ連絡を入れているのに。なのに、私は我慢ができない。

もう無理だった。私は部屋中に響き渡るほどの大声で笑い始める。

私は、頭がおかしくなったのか。

きっとそうだ。そうに違いない。息が苦しくなってマスクを引き剝がすと、肺の中いっぱいに酷い臭いがする空気が取り込まれる。おかしい。どれだけ笑おうとも止まらない。ほとんど酸欠状態で、だけど涙だけは止まる気配はなくだらだらと勝手に流れ続けた。

歪んだ視界の片隅に、腐肉に似た顔の怪異が佇む。

よく視なくても分かる。そいつも笑っている、と。

きっとそうだ。この顔は、私を嘲笑っているのだ。

ぐちゃぐちゃに乱れた情緒が、恐怖を麻痺《まひ》させた。

足元に何かが触れる。空き缶に紛れて転がっていた、まだ開封されていない缶ビール。それを拾い上げて、全てを弓なりに歪ませているその顔に、思いきり投げつけた。

がたん、と思いの外大きな音。

缶ビールはなんの面白味もなく、その顔をするりと通り抜けていた。壁にぶつかった拍子にどこか穴が開いたのか、ぷしゅるるる、と缶から泡が吹き出している。

顔は変わらず、ニタニタと憎らしく口元を釣り上げる。

「笑うな……、笑うなよ！　笑うなあっ！」

耐えきれなくなって、荒々しく咆哮《ほうこう》した。


「……あの、……八方さん？」


突然掛けられた声に、私はびくりと大きく身体を震わせた。

振り返ると、佐藤さんとKの担当編集がいた。推し量るようにこちらを見ている。ぜえぜえと肩で息をする私。そこから慎重に距離を置いている二人。

猫なで声で「大丈夫、ですか？」と問いかけられて、私はみっともなく慌てた。

「違っ、違うんです。こいつが、こいつのせいでKは――」

そう指さそうとした先には何もなく、顔の幻覚は消え失せていた。

結果的に挙動不審な動きをしただけの私を出来るだけ刺激しないようにか、編集二人は「ご家族様の連絡先、教えていただき助かりました」「あとは私共の方でご説明させて頂きますので」とそれとなくながら、強く帰るように促してくる。

私は何か弁明めいたことを言おうとしたが、結局何も言えなかった。

そもそもここにいたところで――Kの高齢の両親が、一人息子のこの部屋を見てどんな反応をするのか、それを見届けるほどの勇気や気力など微塵も残っていなかった。

玄関から外へ出て、扉を閉める。細く長い溜息をついていると。

「何だよあれ。独りでぶつぶつぶつぶつ。イカれてんのか？」

「やっぱり本当にロクなことにならないんだな、禁忌題目とやらって」

二人が発したであろう、そんなような言葉が漏れ聞こえてきた。

疲れた。私は酷く疲れてしまった。

▽

帰り道は、白く染まっていた。

珍しく、雪が積もったようだ。

白銀《しろがね》色の神秘的な世界を、人や車はこぞってずぶずぶと踏み散らしていく。そうやって穢《けが》すことで、どうにか世界を元の形に戻そうとするように。死んだ目でそれを見ていた私は、はたと自分の中に不思議な感情が居座っていることに気づく。

なんと言えばいいのか——それは奇妙にも、安堵《あんど》に似ていた。

やがて私はその心理がどういうものかを理解して、愕然とした。

私が胸の奥底にひた隠しにしていた、Ｋへ対する巨大な感情。

知られてしまえばもう元の関係に戻れないだろうから、それが死ぬより怖くて仕方ないから、絶対に漏らさぬように秘密にしていた。それなのに、それなのに、最後に会ったあの夜。

私は自覚なく、その想いを自ら暴露してしまった――かもしれない。

結局言ってしまったのか、言っていないのか、私は確かめなかった。確かめられなかった。

Kは私の想いに気づいたのか、それとも気づきはしなかったのか。

そして今現在。真相を確認する手段は永遠に失われた。


Kが、死んでしまったから。

全ては闇の中、というやつだ。

だから私と彼の関係性は、もう変わらない。
変わりようがない。死ぬより怖いことをしてしまったのかもという、疑念に苛まれることもなくなったのだ。だけど、もう二度と、彼と会って、話すことは出来ない。
私は、そのことを思い心の底から悲嘆に暮れると同時に、
その心の片隅で、安堵していたのだ。

私は、醜い人間だった。

そう思うだろう、あなただって。

◆異常行動の強制　体験記

〝それ〟には明確な兆候があった。

精神的にも肉体的にも疲労困憊《こんぱい》で、今すぐにでも泥のように眠りこける寸前の状態だというのに、何故か脳が眠ることを許してくれない。死んだ目で自室の布団に横たわるものの、何かを回復させることなく、ただいたずらに時間を浪費していた。

生きる上での必要最低限の欲求をも自覚することが出来ない。

感じるのは尋常じゃないほどの頭痛と、猛烈な不快感。

どうかご想像いただけないだろうか。

大きな金属製の自動おろし器。

その大きなざりざりは自らの後頭部にぴたりと据え付けられていて、もちろん全身を固定されているから逃れることなど不可能で。スイッチは極低速で入っている。ずり、ずり、ずりと擂《す》り下ろす音と振動が全身に響く。髪や頭皮はとっくに削れて骨まで達したことまでは感覚で理解するが、どこまで自分が自分たる所以の大事な部分を喪失したのか分からない。分かりたくもない。ただ、緩く液状になった何かしらが背筋を伝う感触だけは確かにある。

そんなような痛みと不快感がずっと続いているのだ。

だから私は、ひたすら布団に横たわっている。

——あっ。

〝それ〟の兆候は、耳鳴りから始まる。

——あっ、あっ、あっ。

——くる。くる。こないで。

昆虫にも劣る原始的な防御反応で、私は身体を丸くさせる。目蓋を閉じて、耳を塞《ふさ》いで、心の中で懇願する。どうか、どうか、どうかはやくいなくなってください、と。

祈りなど通じるはずもなく、顕《あらわ》れる。

虚空に浮かんだ、巨大な顔。

それは私にだけ視える幻覚で、幻覚のはずなのに、あまりにも生々しく存在感に溢れている。

最初は腐肉にしか視えなかったそれは、日に日に明瞭になってきた。わずかに濡れたその眼も。

やや汗の浮いたその額も。薄く色づいた産毛でさえも。

一体誰の顔なのか、私は知らない。

だけど、どこか見覚えがある気もする。

薄く微笑みを形作り、私の手のひらよりも大きな黒目を私にじっと向けている。

いまやその体臭や呼気さえ感じ取れてしまいそうなリアルさが、あまりに非現実的な大きさで私に迫ってくる。実のところ、目を閉じ、耳を塞ごうとも無駄なのだ。

それは常に私を視ている。

どれだけ感覚を遮断しても、そこにいることを私の脳が感じ取ってしまう。

視ている。つぶさに観察するように。

視ている。思うところがありそうに。

視ている。何か期待しているように。

耳鳴りがさらに強まっていく。全ての音が遠ざかっていく。


――――。


何も聞こえなくなる。聞こえなくなったはずなのに。

これは、笑っている？

あどけない少女の。脂の乗った中年の。溌剌《はつらつ》とした少年の。落ち着きのある女性の。間延びした老人の。気の強そうな若者の。無感情な誰かしらの。


忍び笑い、だった。

くすくすはあははふふはっはひひひふふ――老若男女問わない、幾つもの静かな笑いが折り重なって、私の鼓膜をくすぐっている。何がそんなに面白いのか。私にも教えてくれないか。そうでなければ、どうかもう、勘弁してもらえないか。

――――。

――――。

――――。

痛い。痛い。痛い。痛い。痛い。痛い。痛い。

ああ。ああ。そうか。これは。これからが本番なんだ。そんな。

脳味噌《のうみそ》の中央部が弾ける。大津波のうねり。その余波。汁。汁。汁。脳汁が溢れる。頭蓋《ずがい》を圧迫し爆発する。二つの目玉はコルク栓。保管状態が最悪だったのだ。穴という穴から吹き出している。出ていない？　嘘。私は耐圧性に乏しい。苦しい。頭を掻きむしる。長い髪を引っ張り抜けば、毛穴からじゅわじゅわ。溢れて、溢れて、溢れてくれ。

混乱も極まる脳内とは別に、私は縮こまる四肢をそっと布団に突き立てながら立ち上がる。立ち上がった。私は動こうとしていなくて、なのに身体が勝手に動いて――。

身体が、勝手に？

ああ。始まった。

これが、異常行動の強制。

その自覚があるからこそ、こんなにも苦しいのかもしれない。もしも気づきさえしなければ、しばらくは些細な違和感程度で済んだのかもしれない。

どちらが幸せなのだろうか。

少しずつ死へと近づいていく自覚があった方がいいのか。

それとも死が間際に近づくまで自覚がない方がいいのか。

そして、Kはそのどちらだったのか。

自らの意思から切り離された身体が、ひとりでに動いていく。人智の及ばぬ強烈な力に導かれていく。私はせめてもの抵抗を試みるが、まだ比較的自由の利く体幹を総動員したところで、すぐに強制された四肢で動きは修正され収束していく。無駄だった。

巨大な顔は口元を釣り上げていく。

私は静かに座椅子に腰を下ろした。

スリープ中のパソコンが起動する。

両手がキーボードへと下りていく。

どうなるのかと思った。

まさか、私も稀代の速筆作家にでもなるのか？

馬鹿馬鹿しさに短く冷笑して、そしてその程度の自由は与えられているのだなと意外に思う。

ああ。痛い。痛い。痛い。脳から何かが弾けて満ちて、冷たく熱くてはち切れそうで焼き切れそうな奇妙な感覚に苛まれる。

モニターに映る、執筆活動に使う文章作成ソフト。

それから次々に、私が今まで集めた資料のデータが開かれた。

ぐい、と目を向かせられる。かたかたと指が文字を紡がせられる。

かたた
――にゅ
かたかた
――にゅーす
かたりかたり
――にゅーすきじ
たん、かたり
――ニュース記事

なんだ、文字を打つ速度はいつもの私と変わらないじゃないか。痛みに苛まれながら、どこか他人事のように、否、まさに他人事のようにされるがままになっていると。

たたかたたたたかかたかたかたかかかた、たんたんたた、かたり
——［千葉・変死体　両親殺害容疑で長男逮捕］

これは、文字起こしをしている？

一体、なんのために。どうしてこんなことを。

戸惑っているうちに、全てを打ち込み終えて、次の作業に移行する。

動画投稿サイトにアップロードされた動画を開く。「2017．8．4開催　高円寺百物語ナイトに寄せられた怪談話」——音声を流しては止めて、文字を打ち込み、また音声を流しては止めて、文字を打ち込んでいく。

ひたすらに、打ち込み続けていく。

ちょっと。

ちょっと待って欲しい。

これは、いつまで続くのだろうか。

こんなことをしていられるようなコンディションではないのだ。こうなる前から、心身の限界なんてとうに過ぎている。頭が割れる。視界は歪む。腰骨が砕けそうだ。内臓全てが悲鳴を上げている。もう休まないとなんの比喩《ひゆ》でもなく、死んでしまう。

それらの危険信号が激痛という形式で、私を休ませようとする。

しかし、私の身体は既に私の支配下から外れているのだ。

止まらない。止められない。
お願いです。どうか、止まって。
ほんの数分でいいから、休ませてください。
やがて私の鼻孔からはドロドロと赤黒い血が流れ始めた。
これは、何かしらの最後通告なのかもしれない。

◆ 続・異常行動の強制　体験記

視る。聴く。触れる。味わう。嗅《か》ぐ。

仄かに光るモニター。タイピングの音。その感触。乾ききった舌。すえた臭い。

五感が働く情報。普段ならなんてことのない、些細で簡単に知覚できるもの。

それら一つ一つが、今の私には到底処理しきれない巨大なノイズだった。

曖昧模糊《もこ》にしか感じ取れない灰色の世界で、明確なのは苦痛だけ。

ここに至るまでに、幾度となく意識を失った。その次の瞬間には、脳が無理やり覚醒《かくせい》を促してくる。傍から見れば私は延々とキーボードを叩くだけの機械に見えただろうが、主観的には苦痛を入力されて小さな唸りを出力するだけの矮小《わいしょう》な存在だった。

――――。

――――。

――――。

ふと、耳鳴りが治まった。

私はそれを、脳味噌が熱暴走に次ぐ熱暴走によって、ついに不可逆の変質を果たして基幹部分の機能を失ったのだと信じて疑わなかった。つまるところ、私は死んだのだ、と。

しかし、そうではなかった。

あの顔の気配が、忽然《こつぜん》と消えている。

バランスを保つものがなくなった身体は、そのまま真横に倒れ込んだ。

その程度の振動も耐えられず、私はほとんど空っぽの胃の内容物をげえげえと吐き出した。だって、十七時間だ。十七時間と十五分あまり。言葉通り、一秒の休みもなく身じろぎもできず延々とキーボードを叩き続けることを、私は強制されていた。

渇いた喉に胃液が染みる。畳は吐瀉物と鼻血と体液で目も当てられない状況になっている。地獄のような液だまりに横たわったまま、私は赤ん坊のように泣いていた。

こんなにまでなって涙が出ることに驚いたのが、最後の記憶だった。

▽

次に目が覚めたのは、殺風景な部屋のベッドの上だった。

死を予感させる臭いと、それを塗り潰そうとする消毒剤のつんとした香り。

左腕には物々しく点滴管がテープで留められていて、ほんの少しだけ身体が楽になっていることに気がついた。長い夢から醒めた直後のような、心許ない虚脱感。

ぺらり。音がした方に、ゆっくりと目を遣る。

パイプ椅子に座っているのは、身体の大きな中年男性だった。ごつごつした手で窮屈そうに文庫本を読んでいる。とある大きな神社の神職で、そして私の父だった。

「おう、お目覚めか。……なかなか面白いじゃないか、これ」

しかも読んでいるのは、昨年発売した私のデビュー作。

自分の書いたものを目の前で実の親に読まれるという気恥ずかしさで、思わず身体を起こす。負担の掛かった臓腑がすぐに苦しくなって私は眉をひそめた。

「まだ寝ときな。お隣のマキさんって方が『隣人がうるさい』って通報入れなかったらだいぶ危なかったみたいだぞ。しかも単純に栄養失調だなんてなあ。ダイエットしなきゃならん体型ってわけでもないだろう」

「ああ――ごめん……迷惑かけたよね」

ああ、と曖昧に応じる父は、そのまま読む手を止めなかった。

やがて小説を最後まで読み終えた後、それをぱたりと閉じて一息ついた。

「お前さ、まさかやってないだろうな」

「……え？　なにが」

「あれだよ。変な薬とかさ」

私は苦笑いを禁じ得なかった。もしもあの惨状を直接見るか、もしくは駆けつけた警官あたりから伝え聞いていたら、そう思われたって仕方ないだろう。

「……違うよ」

「じゃあなんだ。言ってみなさい。好きなやつにフラれでもしたか？」

私は目蓋を指で解《ほぐ》しつつ、細く長く息を吐く。

たしかにこれは、もう潮時なのかもしれない。

父を巻き込むことは気が引ける。しかし今回の出来事は、明らかにもう私の手に負えるものではなかった。恥も外聞も捨てて、誰かに助けを求めるべきだ。

さもなければ、冗談でなく死んでしまう。

確かに父ならば、事態の解決の糸口を見つけてくれるかもしれない。

なにせ、神職なのだ。お祓《はら》いなんて一通りこなせるし、何より業界の中でも交友関係は広いタイプだ。きっとこの問題をどうにかしてくれるはず。

「あのね、お父さん。……実は、私はさ――」

顔の怪異に取り憑かれたみたいで、どうか助けてくれないかな。

私は確かにそう言うつもりだった。そのはずだった。

「おう？　どうした？」


耳鳴りがした。


「――っ、ちょっと、ワタシ、凄まじい新作小説の、ネタを思いついちゃって、さ。あまりに熱中して創作カツドウに励んでいたら、寝るのも食べるのも忘れちゃって。気がついたら取り返しがつかないくらい衰弱してて、こうなっちゃったんだ」

私の言葉でない台詞が、私の口から、私の声で述べられていく。

——待って。違う。私は、助けて欲しい。気づいて。お願い。

いくら内心でそう思っても、実際に口に出すことが出来ない。

まるでそこだけ、私の支配下から外れてしまったかのように。

「…………本当か？」

——違う。嘘だ。これは、私の、言葉じゃない。

「ウン、本当。迷惑を掛けてごめんね。でも、それだけスゴイものが出来上がるんだ。そのデビュー作はあまり売れなかったけどさ、今回のでゼッタイ挽回《ばんかい》できるよ。だって、こんな凄まじい作品、他にはナイんだもん。期待しててね」

「そうか——そりゃあ良かったな」

父は肩の荷が下りたかのように、軽く伸びをした。


——動け、動け、動け、これは私の口だ。返して！


「——ぅ、……、……す……ぇ……」

どれだけ強く念じても薄く空気が漏れる程度で、私の父は気づかない。

「ただな、何事も身体が資本だ。健康を疎《おろそ》かにするやつはいい仕事を続けられない。そこのところをよく守って勤《いそ》しむんだな。…………あんまり、心配させるなよ」

「……ぅぇ——ウン。わかった。ごめんね、オトウサン」

私の言葉ではない私の言葉に納得した父は、飲み物を買ってくると言って病室を出ていった。

ようやく頭が現実を理解し始める。自らの置かれた状況を。

そうか。絹澤匠も、こんな気持ちだったのか。

——助けて。助けて。助けて。助けて。

どれだけ叫ぼうとしても、声にならない。

予感がした。振り向くと、背後の壁には巨大な顔があった。

お願いです。どうか止めてください。もう嫌なんです。死んでしまいます。お願いですから勘弁してください——そんな願いが通じたのか、それともただの偶然なのか。耳鳴りはそれ以上強くなることはなく治まっていく。

顔は、口元を釣り上げてニタリと悪辣《あくらつ》な表情をする。

そして私が瞬きをした次の瞬間には、すでに綺麗《きれい》さっぱり消えていた。

そう。異常行動の強制はあれきりで済むわけではない。

私はこの先の人生で、常に怯え続けることになるのだ。

あの〝発作〟が、いつ起こってしまうのかという恐怖。

戻ってきた父はスポーツドリンクのペットボトルを差し出してきた。私はそれを笑顔で受け取って、心にもないことを話す。今の私には、泣き叫ぶことすら許されない。

◆ 収集した情報［祖母の遺品］

・Folxブログ「うりうり子の日々是《これ》無常《こ》」2009年4月7日分

亡くなった祖母は写真愛好家だったんです。

祖父に先立たれた後、老後の嗜みにしてはえらい本格的に写真にのめり込んでいたみたいで。特に人を題材にした写真を撮るのが好きだったみたいです。

そんな祖母の遺品整理をしていたところ、貴重品なんかを入れていた鍵付きの戸棚の奥から、大きめのアルミ製の箱が出てきたんです。ほら、おかきとかおせんべいなんかの米菓が入っているような、無地で銀色のあれです。

何の気無しに開けてみると、そこには写真が目一杯に詰められていました。

たぶん本当に千枚とか二千枚とかあったのかな。目を疑ったのが、全ての写真が顔の整った二十〜四十代の男性のもので、望遠レンズで盗撮したと思しきものも多かったのです。

自作ブロマイド、とでもいえば伝わるでしょうか。

あの優しかったお祖母《ばあ》ちゃんにこんな薄ら暗い趣味があったなんて、と動揺してしまったのですが、しかしそういうものとはちょっと趣が違うみたいなんです。

なぜなら、全ての写真一枚一枚に。

「こいつじゃない」

そう、書かれていたんです。


それでアルミの箱の蓋の裏に、ぼろぼろに擦り切れた和紙が貼ってあって、そこに手描きの似顔絵がありました。なんというか特徴らしい特徴のない、整った男の顔の絵でした。

それからその絵の横には「笑うとえくぼができる」「まつげが長い」「右顎に小さなホクロがある」など、いくつかの特徴が走り書きで残されていました。

ただその文字はどうも祖母が書いたものではないみたいなのです。


祖母は、誰を、何のために、捜していたんですかね。

亡くなる前に、見つけることが出来たのかな。


【筆者メモ】

まだ足りない。

◆顔の怪異に関する考察（筆者作成）

差し迫った死という恐怖を前にすると、ある欲が生まれる。

死が避けられないならせめて、自分が生きた証《あかし》をこの世に遺《のこ》したい。

作家という生き方に憧《あこが》れていたからだろうか。

それともKを死なせてしまった贖罪のつもりなのか。

もしくは、恐怖を少しでも紛らわす現実逃避の可能性もある。

いずれにせよ病院から追い出されて自室に舞い戻った私は、畳に残された汚れを最低限処理したあと「顔の怪異」についての考察レポートを作成することにした。

これなら私の頭の中も整理されて、ほんの少しといえども気分がマシになる。

そうでなくとも私が死んでしまった後、これが誰かの役に立つこともあるかもしれない。

〔顔の怪異　概要〕
「顔の怪異」は実在する怪異で、非常に危険な存在。
それに取り憑かれた者は、「顔」に関連した幻覚症状が現れる。最初は些細な違和感を覚える程度だが、その症状が進むにつれてより明確に視えるようになっていく。幻覚症状がある程度進行した後、「顔の怪異」による「異常行動の強制」が不定期に発生するようになる。

［顔の怪異の歴史］

一九四〇年代後半～一九九九年まで活動していた新興宗教団体「光相の導き」にて、「顔の怪異」と関連性があると思しき存在が信仰対象にされていた。彼らは「自らの運命を切り拓く」ことをモットーとし、「御神貌」という独自の神を信仰し、時には命を落とすような様々な修行によってその存在を感じることを目的としていた。なお、修行に成功した信者は「到達者」として尊敬され、失敗した信者は「卑視者」として扱われ、

またあの顔が現れて私の行動を邪魔してくるのでは、という不安はあった。

始める時はそれこそ恐る恐るだったものの、意外にも何の差し障りもなく続けられた。

かたかたと、自らの意思で押していくキーボード。

強制されずに行えるということは、本当に素晴らしいことだった。こういう状況に陥って心の底からそう思った。そしてこういう状況に陥ったからこそ、私は今まで集めてきた断片に、改めて幾つかの繋ぎ目があることに気づいた。

パズルのピースが嵌《は》まる。少しずつ寄せ集まって形になる。

一九九九年に解散した新興宗教団体の機関紙。おつかれさまでした。卑視者。入寂。翌世での成功をお祈りいたします。卑視者。卑しくも、視てしまった者？　何を視たか。視てはいけないもの。あくまでイメージ。本当に見えてしまったら失敗。運命の神様の見えない顔が自分のことを見ていることをイメージ。身体に運命の神様のパワーを感じたら、それで成功。

視てしまったら、失敗。失敗。失敗。どう失敗する。

波導エリは、効率のために安全装置を取っ払って運用し始めた。

大きな幸も出やすくなるが、裏ではその何十倍もの災いを振りまいている。


神様の顔に視られているのを感じ取ることができた者は、成功。

成功すると、「自らの運命を切り拓く」ことが出来る。

神様の顔を卑しくも視てしまった者は、失敗。

失敗すると、入寂して翌世での成功をお祈りされる。災いが訪れて、死ぬ？


つまるところこれは、そういう類の儀式なのだろうか。


虚構か真実なのか、わからないところはわかりようがない。

ただ、奇妙な程にぴったりと嵌め合わせることが出来てしまう。

だから、私はきっと、儀式に失敗した側の人間、ということなのだ。

「光相の導き」が壊滅した後、波導エリが「光相の導き」のやり方を参考にしたスピリチュアル・セミナーを開始する。幾度かその組織の在り方を変えつつも、今現在（二〇二三年二月十八日）もなお活動していると思われる。

それに付随し、次のような意見を述べたスピリチュアル業界の関係者がいた。
かつて幸不幸問わず超常現象を起こす存在（顔の怪異のこと？）が見つかり、発見者はうまくそれをコントロールするための仕組みを作り、試行錯誤するうちに宗教団体が出来た。教団消滅後、波導エリはその「超常現象を起こす存在」を原初のままに戻して運用し始めた。
だから危険である、と。

［異常行動の強制とは］
「顔の怪異」の顕現に伴い、当人の身体の一部または全ての支配権が奪われて、当人が意図していない行動を強制されるようになる。
どういった異常行動を強制されるのかは人によって異なる。強制されている間も当人の意識だけは正常に働いているが、強制に抗おうとする行動や邪魔になる行動を取ることは出来ず、ひたすら異常行動の強制が一時停止する時を待つことしか出来ない。

異常行動の強制が起こるタイミング、ならびに強制の継続時間は不明ながら、かなりの長時間行われる場合もある。最悪の場合、異常行動の強制中に肉体の方に限界が来て死亡してしまうという可能性も充分に考えられる。

また、異常行動の強制をされていない時に、この現象を他人に伝えて助けを求めようとすると、「顔の怪異」によって阻止される。このことから「顔の怪異」が何らかの目的を持って、当人に異常行動の強制を行っている可能性がある。

なお、強制が開始される際には強い耳鳴りが伴い、強制の終了時に耳鳴りも治まる。

異常行動の強制と思われる具体事例は、次の通り。

・二十代　男性　死亡　……彫刻刀を用いた木彫り
・四十代　男性　生死不明……道路に飛び出す自殺行為
・十代　女性　死亡　……洋服・小物などのハンドメイド
・三十代　女性　生死不明……陰謀論の妄信？
・十代　男性　死亡　……陸上競技　主に中距離走
・三十代　男性　生死不明……執筆活動？
・二十代　男性　死亡　……日常的な飲酒

修行に成功すれば運命が切り拓かれて、失敗すれば災いと死が訪れる。
顔の怪異がそういうシステムのものなのだとすると、色々と筋が通る。

修行に成功したと思われる人物――具体的には、リサイクル会社を起業した千田景太郎氏と、動画配信者によるカルト団体突撃企画で映っていた男性スタッフだ。前者は若くして年商三億を果たす人間離れした働きぶりの社長となり、後者はどんな難問にも答える知識量と自らの指を一本ずつ折るという苦行を平気でやってのけた。

二人の行動もまた、「異常行動の強制」と性質的には似ていやしないか。
ただ、彼らはその行動を苦痛だと思っていない。むしろ心から信奉している。
なにせ「顔の怪異」は――否、彼らにとっては自らの運命を切り拓く手助けをしてくれた、素晴らしい神様か。それを実際に視るという失敗を犯すことなく、その存在を感じ取り、そして超常的なまでの「成功」への推進力を我が物にしたのだから。

〝失敗〟しても、生き延びる方法は、ないのだろうか。

あなたはどう考えているのか教えて欲しい。ちょっとした思いつきでも構わない。どうか私の思考の幅を広げるために協力をお願いしたい。こんな紙一重な〝成功〟と〝失敗〟の差で、当人の末路が決まってしまうのか。〝失敗〟してもどうにか生き延びる方法はないか。それともすでに顔を視てしまった以上、私の運命はもうどうしようもなく破滅の一途を辿るしかないのか。

ああ、死にたくない。


Kが待っているからいいじゃないかって？　馬鹿を言わないで欲しい。あの世なんて人々が作り出したただの共同幻想だ。死ねば、全てを失って、無になるだけ。

こんな風に成っても、やはり死ぬのが怖くてたまらない。

どうして私がこんな酷い思いをしなくてはならないのか。

それほどのことを私はしてしまったのか？　あなたもそう思うの？　本当に？　ああ、駄目だ。誰に話しているのだ。混乱している。落ち着かないと、深呼吸をして。

耳鳴りはこない。耳鳴りはこない。落ち着け、私。

どうか笑わないで欲しい。私は、私は必死なのだ。

［顔の怪異に取り憑かれる原因］

確証はなく、断定はできない。

ただ、取り憑かれる原因として一番可能性が高いのは、「光相の導き」の修行、並びにそれを元にした「波導エリのおまじない」を行うことではないか。より具体的に言うと、「顔の怪異」を直接視るという禁忌を犯すこと、だと考えられる。

少なくとも私も、私と似たようなタイミングで行った友人も、そのおまじないを試した結果、「顔の怪異」に苛まれるようになった。

つまりあれを試しさえしなければ、私たちは平穏に過ごすことができた。後悔してもしきれない。どうか、これを読んでいるあなた。あれは決して試してはならない。「光相の導き」も、「波導エリ」にも、彼女の「スピリチュアル・セミナー」にも決して関わってはならない。たとえ人生が上手くいっていなくたって、こんな最悪な丁半博打《ばくち》に手を出してはならない。

惨《むご》たらしく死んでも良い、というのなら話は別だが。

［顔の怪異に取り憑かれた場合の対処法］
やり方はある。ふたt

打ち込む途中で、私はキーボードから手を離した。
やり方はある。二通り。

一つは、絹澤匠と同じ方法。
自分の命を、絶ってしまうこと。そうすればこの恐怖や苦悩から解放される。

そして、もう一つは。
進んで正気を手放してしまうこと。恐怖も苦悩もすべて正しく受け止められないくらいに、自分の頭と思考回路をおかしく歪ませることが出来れば、ただ生き延びることだけは出来るかもしれない。それが、人間としての尊厳を保っているのかどうかは別として。

あなたは、どちらを選ぶべきだと思う?

でも、私は嫌だ。死ぬのも、おかしくなるのも嫌。
どうにか無事に、生き延びる方法はないのか。

思考がぐるぐると回る。回り続けて止まらない。意味のない回転。どうしてこんな目に遭わなければならないのか。耳鳴りがし始めた。やめて。やめてください。待って。まだ誰かに助けを求めたわけじゃないでしょう。嫌だよ。どうしてこんな思いをしなくちゃならないのか。耳鳴りが強くなってきた。ああ。ああ。くる。くる。吐息を感じる。笑っている。死にたくない。死にたくない。だから私は最低限のあがきをする。急げ。急げ。始まるまえに。袋の中から携帯食と経口補水液を取り出す。ぐちゃぐちゃに封を開き、口の中に一気に詰め込み、咀嚼もろくにせずに無理やり流し込む。吐き気がする。何度もむせる。食道が痛む。でも、飲み込む。備えなくてはならない。死なないための準備。喉が渇いてもいないのに無理やり一気飲み。地獄のような味がする。だけど仕方ない。これから喉は渇くのだから。パソコンの前にゴミ袋を開いて敷いて、私は泣きながらその中に座った。耳鳴りが最高潮に達する。死刑執行を前にする気分。挫《くじ》けそうになる。必死に鼓舞する。大丈夫。大丈夫。耐えられる。耐えられる。神様は乗り越えられる試練しか与えない。全ての不幸は幸せへの踏み台にすぎない。ふざけるな。脳裏をよぎった言葉に腹が立つ。考えられる限りの暴言を吐き散らかす。じゃあお前が私と代われよ。本気で苛々する。私に何かをやらせるその主が、本気で呪わしかった。死にたくない。死ぬのが怖い。

手が勝手に、伸びていく。
ああ、くそ。始まった。

◆【拡散希望】首都圏最強のお祓いスポットはどこですか

八方鈴斗@日常垢　@urano-happourinto　２０２３年2月26日
【拡散希望】首都圏最強のお祓いスポットはどこですか。一番効果的なところを教えていただけると幸いです。現在体力的に問題があり、首都圏近辺であると非常に助かります。私にはあまり時間が残されていません。よろしくおねがいいたします。
9件のリツイート24件のいいね

――　▽17件のコメント　――

綿崎《わたさき》みのり@カクヨム連載中　@huwa-huwa-minori　２０２３年2月27日
八方鈴斗さん！　どうしたんですか？　お悩みでも？

八方鈴斗@日常垢　@urano-happourinto　２０２３年2月27日
綿崎さん、リプありがとうございます。こう書くのも憚《はばか》られるのですが、かなりキツめの怪奇現象に悩まされておりまして……。

生煮えホラーマニア　@j-gauego090　２０２３年2月27日

これってまさか、先生の新作の販促なんじゃないのォ⁉　しかも今流行りのモキュメンタリーってこと！？？　やっべ～～～めっちゃたのしみ～～～！！！

綿崎みのり@カクヨム連載中　@huwa-huwa-minori　２０２３年2月27日
あっ、そういうことでしたか（恥）　念願の第二作、おめでとうございます♪

ミトベトベ　@mitobe-tobetobe　２０２３年2月27日
大丈夫ですか⁉　今すぐ超常現象対策組織に通報してください！　怪しげなイケメンと人嫌いの美人の二人組が現れればもう安心ですよｗｗｗ

八方鈴斗@日常垢　@urano-happourinto　２０２３年2月27日
残念ながら、新作の発表とかじゃないんです。本当に困っております。巨大な顔の幻覚が視えて、自分の意図しない行動を強制されるのです。お心当たりのある方はどうか、お返事をくださいませんか。

最凶ヤキ　@mkapgjirwh—alili　２０２３年2月27日
ガチで頭ヤベー奴になってて草

オンラインカウンセラー中山《なかやま》　@dr.nakayama-online　２０２３年2月27日
お話を聞く限り、脳腫瘍《しゅよう》か脳出血の初期症状の疑惑がありますね。行くべきは神社仏閣ではありません。なるべく早く脳神経科でＭＲＩを受けてみてください。

八方鈴斗@日常垢　@urano-happourinto　２０２３年2月27日
訳あって直近で入院しまして、その際に総合病院の検査を受けましたが、特に異常は見つかりませんでした。とにかく霊障に強いお祓いスポットを教えてください。

マルタンゴ　@mka987gk1a　２０２３年2月27日
京都はいいぞ　大抵なんとかなる

UCG　@uruwashi-cg　２０２３年2月27日
京都そういうのがあった　石に御札いっぱい貼ってるの

いけずいし　@ikz-ishi　２０２３年2月27日
京都には日本一の縁切り神社がありますよ

紫水晶自動人形　@am0-0ma　２０２３年2月27日

あそこのパワーは凄いわね　力が強すぎて危ないくらいだもの

八方鈴斗@日常垢　@urano-happourinto　2023年2月27日
情報提供ありがとうございます。ですが体調が優れないこともあり、長時間の移動が難しいのです。どうか首都圏近辺でお願いいたします。

二代目・荻窪のグランマ　@s^vq0HulUyA　2023年2月28日
随分とお困りのことでしょう。それはこの世界に執拗に執着する呪いのようなものです。私が解決できるかはわかりませんが、ささやかな助力にはなれるかもしれません。

――　▽コメントをさらに表示する　――

【筆者メモ】
あれから都合三度もの「異常行動の強制」を経験させられ、その度に半死半生となりつつも、私はどうにか奇跡的に生存するだけはしていた。
とはいえ、無事に何事もなく、とは言い難かった。
精神的な負担から神経に異常をきたし始めたのか、苦しんでいる自分を傍から眺める感覚が強くなってきたのだ。きっとこの辛さから逃れたいあまりに、自分が感じている苦しみは自分のものではないと、脳が錯覚しようとしたのかもしれない。

現実逃避もここに極まれり――そんな日々の中で経験上わかったのは、「顔の怪異」は私が執筆出来なくなる状況を拒むということだった。

より詳しく言えば、あの顔は「私が過去に集めた資料などをパソコンで文字起こしする」という行動を強制しようとしているようで、その邪魔になるような行動をしようとすると無理やり停止させられるのだ。

例えば、家族に助けを求めることはできない。

自分が今置かれている状況についても、話せない。

しかし、「顔の怪異をモチーフとした作品を構想している」と伝えることはできるのだ。

こうして出来ること出来ないことを試している中で、このＳＮＳの投稿も駄目元でやってみたら出来てしまった。顔の怪異の中では、ここまではＯＫでここからはＮＧという、なにか線引きのようなものがあるらしい。

◆ 収集した情報［心霊スポット］

・個人ホームページ「関東近辺心霊スポット巡回部」

No.214［三県境の赤い廃屋］
危険度レベル☆☆☆☆☆《最凶》

三県境とは、三つの都道府県の境界が集まる地点のことである。

ある世界とある世界を区分けする境界線は、吹き溜まりになりやすい。良からぬものが集まれば、やがて転じて「魔」を導くこともある。

故に、古くから境界というものは常に危険視されている——No.007の［橋姫《はしひめ》］の特集記事をはじめとして、何度も触れてきたことだ。もちろん、この三県境とて例外ではない。

首都圏某所にある三県境のそばに、「赤い廃屋」という心霊スポットが存在する。

知名度自体はそれほど高くない。おそらくこれを読んでいるオカルトマニアの諸君の中でも知らない人のほうが多いのではないか。というのも、その赤い廃屋の敷地に足を踏み入れてしまった者は、必ずすぐに死ぬか頭がおかしくなってしまうからだ。

そんなに凄い心霊スポットであれば有名になっていないのはおかしいと思う方もいるかもしれない。しかしそれは、間違いである。

ご存じだろうか――感染・発症までのスピード・致死率が高いウイルスは、むしろ世界的には広がりにくいことを。それと同じことで、あまりに凄まじい呪いを振りまくスポットは有名になりにくい。関わった者が、情報を他者に伝える前に死んでしまうからだ。

私は偶然その場所を発見した。

あまりに禍々《まがまが》しいオーラに近づくことさえ出来なかった。

場所は伏せる。

見つけたとしても絶対に敷地内に入ってはならない。

入ってしまった者は巨大な亡霊の顔が視えるようになる、十年ほど前に危険なカルト団体の幹部が出入りしていた、悪魔崇拝者の儀式が失敗して禁足地と化した、などと様々な真偽不明の情報があったものの、詳細は不明。

【筆者メモ】

足りない。もっと、情報を集めないとならない。

◆ 筆者の実地取材記録［二代目・荻窪のグランマ］

「――あなた、凄いの憑けてきたわね」


開口一番、その少女は全てを見通したように言った。

スピリチュアル業界の裏側を知り、それに忖度《そんたく》なく物申していた荻窪のグランマなる人物。

その後継者を名乗る人物からＳＮＳ経由で連絡があり、実際に会うことになったのは三月に入ってからのことだった。

荻窪のグランマ。

例の雑誌やネットで出てきた顔写真では、六十から七十代程、毎日肉料理を好んで食べていそうな生命力溢れるおばあちゃん、という感じの人物だった。

その二代目なのだから、きっと似た雰囲気の人が来るのだと私は思っていた。

予想は斜め上の方向に裏切られた。

待ち合わせ場所の喫茶店には異彩を放つ人物がソファー席でふんぞり返って足を組んでおり、糊《のり》がとれた白衣《しろぎぬ》に緋袴《ひばかま》――つまり巫女《みこ》装束を着こなして、マスクで隠れていても分かる整った顔立ちに、ややあどけなさが残っている。きっと二十歳そこらもいっていないのではないか。

ただ、その若さとは裏腹に異様な迫力があった。

「なに呆《ほう》けているの。あなたが八方さんでしょう？」

「……ああ、はい。すみません。そうです」

「顔の怪異、ね。旧《ふる》い時代の土地神じゃないの。よくもまあ生きてこられたこと――これはおばあさまも危険視するわけだわ。全く何を考えているのだか」

そう、唄《うた》うような軽やかさで言ってのけた。

なんだか、小説や漫画のキャラクターみたいな人だな、と思う。

彼女はアイスココアを、私はアメリカンコーヒーを注文した。それから私は、ぽつりぽつりと確かめるようにこれまで起こった出来事を話していく――がしかし、何故か一度も「顔の怪異」に介入されることなく、全てを話し終えることが出来てしまった。

「……だから、この『顔の怪異』から逃れる方法はないかなって」

そう説明を締めくくるも、私は終始変な顔をしていたと思う。

――どうして、助けを求めることを、顔の怪異に邪魔されなかった？

その驚きと戸惑いで頭の中は大混乱だった。こんなことは初めての経験だった。全てを誰かに伝えようとすれば、必ず「顔の怪異」が私の身体を制止してきたのに。

わずかな耳鳴りさえもない。これが〝本物〟の威厳ということなのか。

当の彼女は明日の天気を気にするくらいの口ぶりでこう呟く。

「そう。それならまだ、なんとかなるわね」

「え？」

「え、って何よ。助かる方法があるってこと」

「――っごほっ、ほっ、本当ですか⁉」

予想だにしなかった言葉に、半ばむせかけつつ問う。

気の強さが感じられる顔立ちのその口元の片方を釣り上げる彼女は、

「ええ、安心して頂戴。偉大なるおばあさま、その攻略法を見つけていたの。――それではね、八方さん。ここからビジネスのお話をしましょうか」

「び、ビジネスですか？　それはどういう――」

「相談料よ。あなた幾ら払えるの？」

喜びもつかの間、突きつけられたのは現実的な話だった。彼女は具体的な金額を提示することなく、私が回答するのをココア片手に待っている。

「さ、三万――」

言いかけた所で、凄まじい殺意をこめた視線が飛んでくる。

「あなたね、これを教えて貰えなかったら、死ぬのよ？」

それもそうだった。私は携帯端末の銀行のアプリで預金残高を確認する。元々家計は自転車操業一歩手前の低空飛行状態だったが、少し前にデビュー作の印税が入ったおかげでわずかながらも余裕は出来た。その額、三十二万と八千円。

迷うべきではないだろう。

「……三十二万円でいいですか。これが今、私が用意できる最大限の誠意です」

「ふう――それじゃ、それでいいわ。隣にＡＴＭあるから、今下ろしてきて」

▽

お金を渡したあと、それをきちんと数えてから懐にしまった彼女は、その代わりに一枚の和紙と筆ペンを取り出して、ある住所を書き始めた。その雰囲気から想像されるのとは程遠く、年相応に丸々とした可愛らしい文字なのが印象的だった。

千葉県市原市面削山西入《めんそぎやまにしはいる》三百二十七

「駅の方から山手に入ってずっと坂を登っていくと、面削《めんそぎ》神社っていうところがあるの。ネットには載っていないけど、ここは全国で唯一あの『顔の怪異』に対応できる社。本殿の奥にある小振りな木彫りの面に日本酒をお供えするの。その際に――」

・必ず一人で訪問すること
・今日を除く大安の午前中に行うこと
・日本酒は一升瓶を二本用意し、二本縛りにして熨斗《のし》をつける
・木彫りの面の前に立ち最敬礼をして、「お引き受けください」と三度唱える

「――そうすれば、あなたを悩ますものは立ち去ってくれるわ」

必要事項は全て伝えたと言わんばかりに、ココアをストローで飲み干した彼女は、颯爽《さっそう》とそ

の場を後にする。私は慌てて立ち上がり、その目立つ後ろ姿に「ありがとうございました」と投げかけた。彼女は振り返りもせず、軽く手を挙げるのみ。

やがて、扉から出て街角へと消えていった。


――立ち去ってくれる。

――立ち去ってくれる。

――立ち去ってくれる。


私は自然と感動にうち震えていた。

助かるのだ。助かる。本当に助かるなんて。

自然と涙が溢れてしまう。もうこの恐怖に怯えずに済む。

次の大安の日は、六日後の三月七日。

ここまでどうにか踏ん張れば、私の平穏は取り戻される。

ありがとうございます。ありがとうございます。気がつけば今までろくに信じていなかった神様という存在に心の底から感謝の念を捧げていた。そう。人生は不幸ばかりが続くわけではないのだ。だってそれだと、視ている側だって飽きるだろう。

生きるための道筋が立てば、自然と私の精神は回復していった。

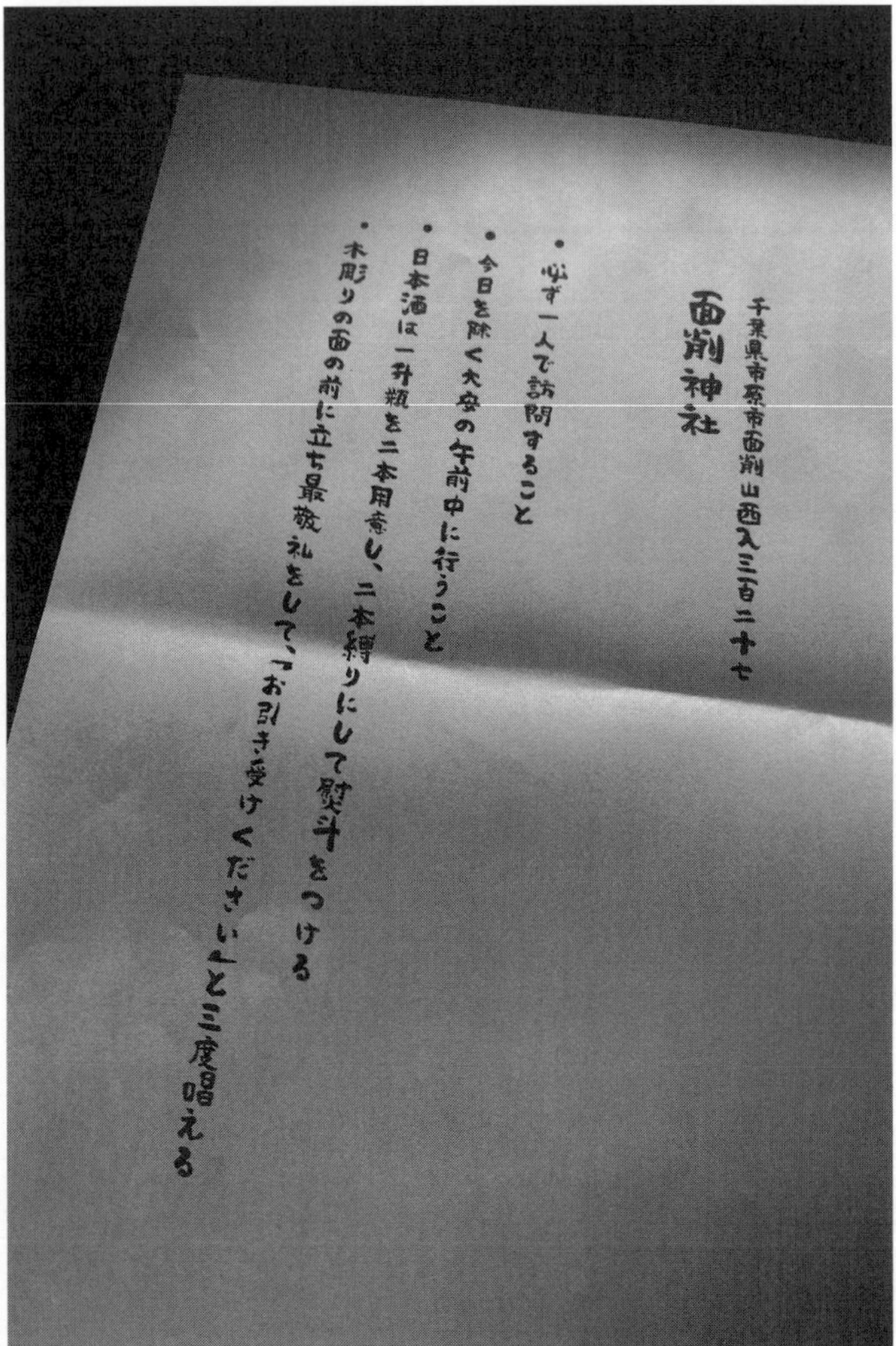
千葉県市原市面削山西入三百二十七

面削神社

・必ず一人で訪問すること
・今日を除く大安の午前中に行うこと
・日本酒は一升瓶を二本用意し、二本縛りにして熨斗をつける
・木彫りの面の前に立ち最敬礼をして、「お引き受けください」と三度唱える

◆市原面削神社　宮司の証言　音声記録の文字起こし

［宮司］　何、じゃあアンタは怪しいものじゃない、と？

［八方］　そうです。あの、どうしても信用ならないのであれば、父に連絡していただいても構いません。父も[redacted]神社の宮司をやっておりまして——

［宮司］　そうだとしたら余計に、なんでそんな本殿の錠壊して忍び込むなんてマネするんだよぉ。罰当たり以前に、犯罪だよ犯罪。ちょっとおかしいんじゃないかキミ

［八方］　それに関しては本当に申し訳ありません。お金は今ないですけど、必ず弁償させて頂くので……ただ、まさか、御神体を公開していないとは思わなくて

［宮司］　コロナ禍前に一度、盗難に遭ってそうしたの！　まったく腹立たしい。意味がわからんよ。どうして御神体を盗もうだなんて発想に至るんだかね。そりゃ歴史的には価値はあるけど、お金に換えられるようなものじゃないってのに

［八方］　と、盗難？　わ、私はそんなつもりじゃ

［宮司］　はっ、どうだか。盗む前に見つかったからそう言ってるだけじゃないの？

［八方］　違います、……というより、盗まれたんですか？　え？

［宮司］　東京の女子大生——ってわりには、訛り混じりの子でね。わざわざここまでやって来て、ぱっと盗《と》ってってたんだよ。最終的に目立った破損なく返しに来たからオオゴトにしなかったけど。まったく近頃の若い子はどうかしているよ

［八方］　女子大生、方言……

［宮司］　その子、なんて言ったと思う？　「この御神体だけが私の災いを振り払ってくれるはず」「どうすればもっときちんと効果が発揮されるのか」、なんて、盗んだ御神体片手に私に詰問するときた。病んでるね。ほんと参っちゃうよ

［八方］　その子……。いや、ここの御神体にはそういう、悪いモノとの縁を断ち切るだとか、災いを引き受けてくれる効果があるから、頼ってきたんじゃ——

[宮司]　あのね。アンタ、その謂れを誰から聞いたんだ？

[八方]　誰って、えっと――その筋の、業界の人に

[宮司]　その筋ってどの筋だよもう！　アンタうちの由緒を調べたのか⁉

[八方]　それは、その……、面を削《そ》ぐって書くから、顔に関する怪――わ、災いだとか、そういうものから守ってくれるのでは

[宮司]　はぁ…………(長い溜息)

[八方]　え、え、え、……違う、と？

[宮司]　全く違う！　面削神社ってのは、大陸から古代日本に伝わった伎楽っていう古い舞踊の復活を試みた、富来浄明《とぎじょうみょう》の功績を称《たた》えるために出来たんだ！　面削は伎楽に使うお面を削るってとこから来てるの！　文化の復興と保存にご利益があるっていうならまだしも、縁切りや修祓《しゅばつ》に特別な謂れがあるわけじゃ――

［八方］　…………それ、本当ですか

［宮司］　なんだ、急に暗い顔して。あの女子大生みたいな反応するなよ

［八方］　あの……その子。それから、どうなったんですか？

［宮司］　はあ？　知らない——訳でもない、か。ふらふら一人で帰っていって。それからしばらくして、その子の母親が訪ねてきたよ。行方知らずになったってな。まあ気の毒な話ではあるが、だからといって許されることでは——

［八方］　効果が、ない……。嘘、だった……？　そんな、そんなはずは。あっあの、宮司さん。ここでお祓いは受けられますよね。それなら効果はあるんですか？

［宮司］　はあ？

［八方］　だから、顔の怪異を祓う方法があるんじゃないんですか⁉

［宮司］　顔の怪異ぃ？　さっきから何を言ってるんだ？

［八方］　いや、もういいです。とにかく一度お祓い受けさせてください。宮司さんが気づいていないだけで、本当はちゃんと効果があるとかじゃないと――じゃないと、そんな、私、もう、無理なんです。嘘でしょ、そんなの……

［宮司］　なにキミはさ、何かに取り憑かれて、だから助けてって言いたいの？

［八方］　……うぅ、……はい、そうです

［宮司］　あのねえ。悪いけれど。お祓いって、そういうのじゃないよ？

［八方］　どういうことですか……。説明してください。小説でだって映画でだって、儀式やお祓いで悪しきモノを退けるじゃないですか。やってください、お願いですから

［宮司］　キミも大人なんだから、分かるでしょ？　そういうのってフィクションじゃない。お祓いってのは、節目節目に心と身体を清めて折り目正しい日常を送れるよう心掛けましょうっていう、ただのイベントだよ。変な期待されてもなあ……

［八方］　そんな、どうしてそんな急に現実を見ろみたいなこと言うんですか。じゃあどうしたら……。私、本当に困ってるんです。このままじゃ死んじゃうんです

［宮司］　何か変なことでも吹き込まれたの？　まあ、人間そう簡単に死なないから大丈夫だよ。どうしても不安ならここじゃなくて、心の病院に行ってくれないか

［八方］　そうじゃなくて、怪異なんです！　本物の！

［宮司］　はいはい。さあ、もういいから、帰ってくれないかな

［八方］　あっ!!

［宮司］　うわっ、なんだよ急に

［八方］　く……くるな、……そういうことか……くそ……

［宮司］　さっきから何ぶつぶつ言ってるんだ。……ん？　どこを見てる？

［八方］……いゃ、……いっ、……ぁ、の……そぅ……
［宮司］なんだよアンタ、本当に気味悪いな。警察呼ぶぞ⁉
［八方］――す、す、す、スミマセン。もう、シツレイします
［宮司］……なんだよアンタ、本当に大丈夫か
［八方］ダイジョウブです。私も、ヤラナケレバならない、ことがあるので

【筆者メモ】

後になって気づくが、私に接触してきた「二代目・荻窪のグランマ」のＳＮＳアカウントはこの時点で既に削除されており、連絡が取れないようになっていた。

つまるところ、あれは霊感詐欺というやつだったのだ。

どうかな。笑えるだろう。ケッサクじゃないか。

◆ 収集した情報［ぶつかり男］

・みんなの匿名Q＆Aサービス　ID: Rhc2HtADQjG0 からの質問

［もとなさん　2018/01/24　0:45］

最悪です。駅のホームで、わざとぶつかってくる奴いるじゃないですか。

昨日も新宿《しんじゅく》でそういうの見ちゃって。冬なのに脂汗浮かべて、小柄のサラリーマン風なんですけどなんか小汚くてキョドってる、イヤな感じの中年男で。

その人、意図的なのかそうじゃないのか微妙なラインのやり方で、ぶつかっても文句言ってこなそうな人にさりげなく寄ってっては、わざとドンって肩をぶつけてるんです。最初は偶然かなって思ったんですけど、連続して気弱そうな女性ばっかり狙ってるって気づいて。

私、もうそういうの許せなくて。

電車に乗ろうとするその男の腕つかんで、問いただしたんです。

さっきから何してるんですかって。そしたらその男、「ちがうって」「放せよ」ってゴネてたんですけど私が「全部見てた」「危ないじゃない」って言うと凄い慌て始めてゴニョゴニョ言うんです。「ぶつかりたくてしてるわけじゃなくて」とか「ぜんぶ顔のせいで」とか「僕だって危険のないよう選んでて」とか目をぎょろぎょろさせて、全然意味分からない言い訳して開き直っちゃって。その態度にまた苛つくじゃないですか。

だから私、そいつの腕を摑んだまま大声で叫んでやりました。周りの人達にも聞こえるように、そいつが何をしたのか全部説明したんです。そしたら何事かみたいなふうに周りの人たちも助けてくれて。駅員さんもこっちに走ってきてくれました。

その男はもうあからさまにうろたえて、「やらないといけないから！」「放せ放せ！」そんなことを言いながら鞄を振り回してきたんです。何度もぶつけられたし、危ないと思って私はぱっと手を離したら、男は逃げるように線路に落ちていって。

そこに丁度、通過電車が入ってきたタイミングだったみたいで。

どおーん、って地鳴りみたいに響いて、細々となにかが飛んでいきました。

金属が擦《こす》れ合う音と同時に電車が急停車すると、私も周りの人たちもびっくりしちゃって何も言えなくて、しばらく変にしーんとしちゃったんです。

そうしてると、聞こえてきたんです。電車の下から。

ころしてくれー、ころしてくれー
そんなような男のうめき声が。

あの。これって、私、悪くないですよね？


――　この質問への回答は締め切られました　――


【筆者メモ】

しにたくない

◆　二代目・荻窪のグランマからのダイレクトメール

八方鈴斗様ごめんなさい　@happousama-gomennasai
0人のフォロワー
＊＊＊＊＊＊＊＊＊
土曜日　3月11日

突然のDMですみません。

これしか連絡する方法がわからなくて。

どうか最後まで読んでもらえませんか。

私は二代目・荻窪のグランマを名乗って、八方様にサギをした者です。本当に本当にごめんなさい。許されることではないと思います。最悪の行為をしてしまいました。私は両親とうまくいってなくて、でも生きてくためにお金が必要で、だから死んだおばあちゃんの名前とやり方をまねて、こういうことをやってしまいました。

でも、おばあちゃんは私に占いや霊視の話はたくさん聞かせてくれたのですが、占いや霊視を実際にどうやってやるのかという方法は教えてくれませんでした。

なので、あの時私が言った言葉はぜんぶウソです。

怒ってると思います。本当にごめんない。許してくれませんか。

もちろんお金もぜんぶ返します。なのでどうか許してください。

それでも駄目なら、八方様の他にも、何人か似たようなサギをしてしまいました。その人たちも捜して、だまし取ったお金をちゃんと返します。お金はすぐには用意できませんが、かならず約束します。なのでお願いです。許してください。

八方様を騙してから、私の身の回りで変なことが起き始めました。信じたくないのですが、これは八方様が話していたアレと同じやつだと思います。

とても怖いです。私のことを視てきます。怖いです。助けてください。


――▽［メッセージを作成する］――


【筆者メモ】

四度目の強制も耐えた。慢性的な栄養失調で痩せ衰え、皮膚はボロボロ、ふとしたことで青痣が出来るし治らないから、全身が見るも無惨な状態だった。まるでゾンビか化け物みたいだなと他人事のように思いつつも、私はまだ死んでいなかった。

そんな最中《さなか》、ＳＮＳにこのダイレクトメールが来ていたことに気づく。

あの時私が詳しく話したことによって、彼女もまた冗談半分で「おまじない」を試してしまったのかもしれない。私にしたことを考えたら自業自得だし、そうでなくとも、そもそも私はこれをどうにかすることはできない。

もうどうにもならないのだ。

ふと思う。「顔の怪異」は、私が彼女に相談し助けを求めることを邪魔しなかった。それはつまり、そうしたところで、なんの解決にもならないことを分かっていたからではないか。

嘲笑が背後から聞こえてきた。確認する気も起きない。

しかし、もし本当にそうだとすると、私が「顔の怪異」に止められない行動は全て、逆説的に「顔の怪異」の目的を邪魔しない選択肢だということになってしまう。

つまるところ、「顔の怪異」からは決して逃れられない、ということだ。

私は「顔の怪異」にされるがまま、オモチャとして弄《もてあそ》ばれるだけ。それから逃れる有効な手段は、自らこの命を絶つということのみ。一番苦しくない方法は何なのか、少しでも気を抜いているとぼんやりとそのことを考えてしまう。私は力なく頭を振った。


しかし。

アレは一体何のために、異常行動の強制——それも私が知った・経験したことの文字起こしを延々とさせるのか。お人形遊びだろうと最低限のルールはあって、物語が始まればどんな形であろうと、その結末というものが設定されるはずだ。

だとすれば。

最期の、私の終わり方くらいは、最低限納得がいく出来であって欲しいなと思う。その程度の救いはあっても良くないか。駄目かな。何も分からず怯えて死ぬよりか、この呪いじみたものの全容を、ある程度知った上で納得して死にたい。

あとは、何をすれば良いんだっけ。

この最悪の物語が始まった元凶。

禁忌題目。禁忌題目か。それに波導エリ、その人物の情報収集。

何が必要か。私は手近にあった包丁を持参することにした。

◆[redacted]編集長・瀬越氏のインタビュー音声より抜粋

Q：大人しくしてください　貴方が隠している事を話してもらうだけです

わかった、言う、何でも言う　だからその危ないものを仕舞ってくれ。

Q：『日常生活に溶け込む「顔」の怪異』、貴方はこの情報を持っているはずだ

……君、……どこでそれを……まさか。

Q：質問するのは私です　この禁忌題目について、知る限り全て話してもらいます

いや……でもしかし、それは部外秘のことで…………ぐっ、う、

Q：私には、もう後が無いんです　刺すのに躊躇しませんよ

……全部話したら、俺を、無事に、解放すると、約束してくれるか？

Q：わかりました　約束します

必ずだぞ……。俺だって又聞きの又聞きレベルでしか知らないが――戦後の混乱の最中、真相不明のある噂が流れていた。世に才能ある人材を多く輩出している奇妙な集落があって、それがウワミズと呼ばれているところだ、ってな。

Q：ウワミズ、集落……？

当時、うちと繋がりの深かった民俗学者が運良くそこを突き止めた。規模の割に墓地が多くて風変わりな通過儀礼と土着信仰が残るが、牧歌的な生活をする田舎だった。……それで、彼はそこから帰ってきてすぐ怪死した。その原因を探ろうとした彼の家族も、当時のうちの社員も、その集落に行っては相次いでな。死んだ奴らは皆、似たような事を言い残していた。

Q：ウワミズ、うわみ、ず、うわ、みず、う——宇和《わ》水《みず》？

何やら日常のふとした瞬間に「顔の化け物」を見出しちまうし、じきに自分が自分じゃなくなってくそうだ。最悪だったのが、集落に訪れてないのに「顔の化け物」が視えるようになったって者まで出始めたことだ。それは疫病に似ていた。冗談じゃなく、当時の[redacted]は人手不足で傾きかけたらしい。たまたま有能な社員が現れたからなんとかなったが。

Q：待って、それって、どうやって、解決したんですか

うん？

Q：解決したんでしょう？　だから今も[redacted]が存続してる訳だし

解決というよりも、……正しくは、対処とでも言うべきかな。

Q：言葉遊びはいいです　早く教えて下さい　どうやって

……『日常生活に溶け込む「顔」の怪異』に関する詳細資料を全て処分して、これについては決して公に口にしてはいけない・調べてはならない、として終息するのを待ったんだ。だからこそ今も「禁忌題目」と指定されてんだよ。わかるだろ。

Q：は？　ええと　それは

…………なあ、もういいじゃないか。ここまで正直に言ったんだぞ。いい加減解放してくれないか。このことは警察にも言わないと約束する。だから、

Q：それって、関係者が全員死ぬまで、ただ待つしかできなかった、ということですか

まあ、……言い換えれば、そういうことになる。

Q：っ　うぅ　ううう　うううううううう

…………やはり、君は、

Q：だったら、せめて、その、ウワミズって場所、どこか教えて下さい

言ったろ。教えるも何も、全ての資料は処分された。[redacted]のどこをどう捜した

って一枚だって残っていない。知りようがない。……そうでなくとも、ウワミズの集落はその後、落雷による山火事で全てが燃え尽きたって聞いてる。場所が分かったところでな、そこはきっと、ただの雑木林にしか見えないだろうよ。

Q：ぇ　ぁし　どぅぁらぁ　ぁ

　なんだって？

Q：それじゃっ、私はっ、どうしたら、っ、いいん、ですか

　気の毒には思う。ただ、こちらからは「これに手を出さないように」という警告をしたはずだろ。だから、君の置かれている状況に、俺たちは興味を持たない。何もわからないし、何も出来ない。……悪いことは言わんよ、君も身の振り方を考えるべきなんじゃないか。

Q：身の、振り方？

…………

Q：それは、つまり、私に、周りに迷惑かけないよう、独りで死ねと

――――――（瀬越氏が走って逃げ去っていく音）

◆　忌録

［注　本項での文書は可能な限り執筆当時のままで掲載しておりますが、明らかに不適切な表現に関してのみ一部制限を入れさせていただきます］

ああ、ああ、ああ、神様。本当に申し訳ございません。

此《こ》の度、私は知りたいことを知るために[redacted]をはじめとした違法行為を、それも多方面にわたって複数回犯してしまいました。深くここに懺悔《ざんげ》いたします。

あんな状況だったから仕方ない、手段など選んでいられなかった――なんて犯罪者そのものの言い草でしょう。だけど、どうかお目溢しくださいませ。

私だって思うところがあるのです。

まさか私がこんな[redacted]に成り果てるなんて。

でも、あなたのせいなんです、こうなったのは。わかってますか？

だけど断じて[redacted]はやっていない。本当かな。たぶん。きっと。[redacted]かけたことはあるかもしれない。[redacted]のは夢だったかな。自信がないや。私が今、捕まらずに自室にいるのだから、大事に至らなかったということにしておこう。

まあ、そんなこと、皆さまも興味ありませんよね。

大切なのは私が知ったこと・体験したこと。それ以外のことなんてどうでも良い。一本じゃすぐに断ち切れてしまう糸でも、それが十重二十重《はたえ》に幾重にも撚《よ》り合わされることで断ち切れない綱となるのですから。安心しておまかせください。

それでは、波導エリについて。

本名は阿良井衿子《えりこ》。旧姓は目代《もくだい》。

一九七〇年に青森県むつ市（旧・下北《しもきた》郡川内町《かわうちまち》）に生まれる。母親は家業の手伝いの傍ら、霊媒師として働いていた。高校卒業後、地元に嫌気が差したことから妹と共に上京。以降、銀座《ぎんざ》のクラブにてホステスとして働く中で、三度の結婚と離婚を繰り返し、首都圏内を転々とする。短い結婚生活では並行して新興宗教団体に出入りしていた。四度目の結婚にて大手芸能プロダクションのオーナーと結婚し、阿良井姓となる。一女をもうけ、子育ての傍ら「天明一相占術《てんめいいっそう》」を考案、タレント業を開始。

なお、彼女の娘は七歳にして早世している。原因は不明。

その後、本名の「阿良井衿子」から「波導エリ」という名前に改名し、「波導エリ」というグループのリーダー兼ブレーン役として、二〇〇〇年代のスピリチュアル・ブームを牽引《けんいん》する。グループ「波導エリ」には、モデル役、トーク役、カウンセラー役、実業家役……等々、細分化された役割に、それぞれ優秀な女性を用意しては入れ代わり立ち代わりで「波導エリ」を演じさせていたという。波導エリ本人と、それぞれの役者には明確な上下関係があった。本人が用意した台本を、役者らは全く理解できないままに演じることも多かったらしい。
　なお、波導エリ本人は二〇一一年に事故死し、グループとしての「波導エリ」は実業家役である■■■■■が運営を継いでいる——。

　ここまでが、私が■■——いえ、インタビューにて得られた情報です。始めた張本人はとっくに死んでいて、彼女が残した枠組みだけが独り歩きしているというのが現状でした。ふざけるな。クソが。今の運営者だってきちんと理解していないんですよ。分からないままただ馬鹿の一つ覚えで前例を真似るだけ。私はそれを知るために■■■■までしたのに。

　あれ。本当なのか疑わしい、そんな顔をしていますね。しかし、今の私がこうして知って・経験したのですから、この筋が正しいということに他なりません。現実だろうとそうじゃなかろうと、私が知って経験した限りではこうなのだからこうなのです。

　賢いあなたはもうおわかりですよね。
　ええ？　いやだなあ、謙遜《けんそん》しちゃって。
　だってこれは、結びつくじゃないですか。
　何と？　私がこれまで調べ上げていた全てと。

ええ、そこまでして私に言わせたいのか。[redacted]だ。

よく考えてみてくださいよ。波導エリは毒を撒き散らす役割だったんです。世の中を呪って自覚的にそうしたのか、それとも端金《はしたがね》に目が眩《くら》んでそうしていたのか、それとも彼女自身もまたそういう異常行動を強制されていたのか。

波導エリの妹が絹澤弘子だったらしっくりきませんか。それとも親しい友人？　だったら絹澤匠がほぼ生まれながらに毒されていた理由もつく。実験体ですよ実験体。森山麻里衣もその一人かも。いいえそうに違いない。

何の実験体かって？

そりゃ「顔の怪異」を効率的に広めていくための、でしょうよ。

祢津由紀が書いた「光相の導き」の会報を読めば分かる通り、あれはあまりにコントロールされすぎていた。あれ以上発展性がないくらいに。だから[redacted]させたんだ。

そんなことして何になるのかって？

そもそも波導エリは、きっと自分の娘さえも生贄として捧げた悪魔だ。

アライちゃんはきっと波導エリの娘で、友人Aも棚橋エミもそこから感染した。棚橋エミは高校時代の友人に、高校時代の友人は電子掲示板に書き込んで釣り餌《え》を撒き、果ては都市伝説に取り憑かれた包丁女として同僚を刺したあの彼女かもしれない。きっとそうだ。だって年齢的に一致するでしょ？　それだって充分な証拠じゃないですか。

佐伯景太郎、いえ、今は千田景太郎か。あいつみたいな成功者の存在もまた餌なのでしょうね。毒ばかり撒き散らしていたら、いつか必ず終息してしまう。だから本当に、「運命を切り拓く」なんて美味しい思いをさせている。実に生存戦略的に理にかなっている。

根拠のない妄想だって？　それじゃあ彼のことはどうです。

藤石宏明ですよ、藤石宏明。あの天才たるKが認めた作家なのだから、それはもうすばらしい作家だったんでしょう。波導エリは彼を利用しようとしたんです。それとなく仄めかし、興味を引いて、彼の作品を通して「顔の怪異」を拡散しようとした。それに気づいた彼はすんでのところで踏みとどまった。[redacted]に成り果てながらも、自らの作品に毒を紛れ込ませる良心の呵責《かしゃく》に苛まれ、断筆をした。きっと死んでるんでしょうね。
顔の怪異に取り憑かれて無事でいられるとは思えませんから。

はあ。そうですか。
私は頭がおかしくなった、と。

失礼ですね、あなた。仮にそうだとしても――お言葉ですが、創作者なんてどこかしらに異常性を抱えていますよ。そうでなくちゃこんなことやらない。だけどこれだけは言わせてください。私は正常だ。正常。これは断じて妄想なんかじゃない。妄想なんかじゃない。妄想なんかじゃないんです。

なに読み流してるんですか。ちょっと。
こうして私が地獄で記録していることを、あなたはきちんと読んで理解を進めるべきだ。■■■■がある。安全圏から■■■みやがって。いいですか。これは妄想なんかじゃないんです。仮定に仮定を重ねた砂上の楼閣であろうと、こうして筋を通して紡ぐことが出来る。だったらこれは、物語なんです。地獄のような物語。

物語。
物語。
物語？

うーん。物語、か。

◆ ニュース

［墨田区《すみだ》・刃物所持の不審者が逃走］

２０２３年３月14日　17時26分

12日午前7時40分ごろ、東京・墨田区江東橋《こうとうばし》の雑居ビルの一階で、女性から「凶器を持った不審者に脅された」と１１０番通報がありました。

警視庁によりますと、同ビルに入居しているイベント企画運営会社の会社役員の女性が出勤したところ、近くに隠れていた不審者が包丁のようなものを手に持って現れ、「隠していることを話さないと刺す」などといった不可解な発言を繰り返したとのことです。

他の社員が出勤してきたことから不審者は逃走、女性にけがはありませんでした。

不審者は、身長1メートル60センチくらい、やせ型で、黒い目出し帽に灰色のコートを着ており、現場から北の方向へと走っていったとのことです。

駆け付けた警官らが周辺を捜索しましたが、不審者は見つかりませんでした。

警視庁は周辺のパトロールを強化するなど警戒を続けています。

現場は、ＪＲ総武線・錦糸町《きんしちょう》駅から５００メートルほど南の繁華街です。


【筆者メモ】

妄想じゃなかった。

やっぱりあれは現実だった。

これは私が波導エリが代表を務める会社の関係者に対して行った取材――いや、あれはもう誤魔化しようがなく、脅迫だ。強要行為だ。犯罪。ごめんなさい。ごめんなさい。本当にごめんなさい。私は駄目だ。常軌を逸脱している。独りで死ねと言われたって仕方ない。


だけど、本当に必死なんです。

なりふり構ってられないくらいに。

だって私は、もうすぐ死ぬんですから。


それにしても。

まさか、まさか私自身が。

こんな風に扱われる人物になるなんて。

◆　収集した情報［悪意ある小話］

・巨大電子掲示板の過去ログ「大変なことが起きてしまいました」

001：母について：16/10/21（金）23:09:44 ID:???
お話を聞いてもらってもよいでしょうか。認知症の母についてです。

009：母について：16/10/21（金）23:12:51 ID:???
温かいお言葉ありがとうございます。私の母は六十代から認知症が出始めて、夫と相談し昨年から同居することになりました。たまに幻覚や幻聴が出たり記憶違いすることもあるのですが、日常生活にはさほど問題なく、まだハイハイ練習中の息子の遊び相手になってくれることもあります。それが先日、トラブルを起こしました。

017：母について：16/10/21（金）23:15:10 ID:???
その日は私と夫の結婚記念日ということもあり、ささやかながら奮発した夕食にしようということになりました。子どもを園に迎えに行くついでに食材は買い出したのですが、夫の好きなワインを買い忘れたことに気づいたのです。迷ったもののいつも帰りの遅い夫に頼むと更に帰りが遅くなるので、子供部屋でお気に入りのビデオを流して、それに息子が夢中になっている間に一人で近所の酒屋まで買いに行きました。

023：母について：16/10/21（金）23:21:56 ID:???

家に戻ると、大鍋《おおなべ》で湯を沸かす音が聞こえてきました。母がキッチンでなにやら調理しているようなのです。危ないからやめてと声を掛けるも、「少しくらい手伝いさせなさい、あなたたちの記念日でしょ？」と母は笑いながらキッチンから出てきました。比較的調子が良さそうに見えたので、それとなく気にしつつも私は洗濯物を取り込むことにしました。そうしている中で、母が言います。

「あなた昔からゆでたまごが好きって言ってたじゃない。折角だし作ろうと思ってね」

母は私が子供の頃に言ったのをふと思い出したのでしょう。今はそれほど好きというわけではないのですが、私は母親の気持ちに心を打たれました。


032：母について：16/10/21（金）23:39:06 ID:???

洗濯物を畳んでいる私に母はのんびりとした口調で、

「だけど、ゆでたまごが好きだなんて、変よね」

「そう？　子どもの好みなんてそんなものでしょ。……なんていうか、小さい頃、私のためにお母さんが何かを作ってくれるのっていうのが嬉しかったの」

「あら、私そんなことしたかしら」

「してくれたから、私の好みになったんでしょ」

「そうかしらねえ。ゆでたまごなんて、作った覚えないけどねえ」

やはり、記憶はあやふやなのでしょう。それでも私のためにと調理をしてくれる母が愛《いと》おしくて、私は目に涙を浮かべました。そんな顔をしていることを悟られたくなくて、母に背を向け続けました。

039：母について：16/10/21（金）23:55:16 ID:???

「さあ、出来たわよ。初めて作ったから美味しく出来たかわからないけれど」

ありがとう、と言いながら鍋をゆっくりとかき回す母の後ろに近づいたところ、ゆで卵を作っている割には、鼻につんとくる臭いに驚きました。鍋の中に入っていたのは、やや大振りな手羽元に似た、ごろごろとした肉の塊でした。

「……え、お母さん。なにこれ？」

「だから、ゆでたまごよ。あなた好きだったんでしょ」

「これ、お肉じゃないの。私、鶏肉《とり》なんて買ってた？」

私の戸惑いを感じ取ったのか、母はぽんと両手を叩いて、

「ああ！　ごめんなさい気づかないで。私には『ゆでたまご』でも、あなたからしたら『ゆでたこ』になっちゃうものね。失敗だわ。いやあねえ勘違いが増えちゃって」

からからと笑う母を前に、私は何も言えませんでした。

そういえば、帰ってきてから息子の姿を見ていなかったのです。

040：名無しさん：16/10/21（金）23:58:55 ID:???
？　どうした？

041：名無しさん：16/10/22（土）00:01:41 ID:???
意味が分かると怖い話かよ

042：名無しさん：16/10/22（土）00:03:59 ID:???
板違いだし、内容もアラが目立つし、なにより書いた奴の悪趣味で不愉快な顔がチラついてきてムカつく。さっさと落とせよこんなクソスレ

【筆者メモ】
ものがたり

◆担当編集からのメール4

---- Original Message ----
From：“佐藤太郎” <sato-t@[redacted].jp>
To：“Rinto-H” <Rintoh0401@[redacted].co.jp>
Date：2023/3/14 火 17:09
Subject：Re:Re:Re:Re: ホラー小説のプロット案

八方鈴斗様

すみません。
以前お送り頂いた、例のプロットについて。
あれって、本当にフィクションなのですよね？

こんなことを言うのも編集者としてどうかと思うのですが、私、ここ数日このプロットに出てくるのと似たような幻覚に悩まされていて。その、今も私の後ろにいるんです。

私にしか視えない、顔の幻覚が。

これって、どうすれば良いか、わかります?

[redacted]株式会社　出版事業部
第二編集部　佐藤太郎
〒102-9999 東京都千代田区[redacted]ビル5F
MOBILE：080-4444-[redacted]
sato-t@[redacted].jp
www.[redacted].com

［筆者メモ］

これ以降、担当編集の佐藤氏とは連絡が取れなくなった。失踪したらしい。

それで確信する。佐藤氏に送ったのは幾つかの参考情報と、私の作成したプロットだけ。波導エリのおまじないについては、彼に知らせていない。

つまり、「顔の怪異」に取り憑かれる条件とは。

おまじないを試すことではなかったのだ。

◆遺書

私はそう遠くないうちに、死ぬでしょう。

なので、これを予め用意しておこうと思います。

もしも私が死んでいない場合は、これ以上読まないでください。


本当に、死んでいますか？

例えば、精神的な異常により意思疎通を図れない状況になっているのであれば、ご迷惑をおかけしますが、私がこの世からいなくなるのを待ってください。

行方不明になっている場合は、一年経って音沙汰《おとさた》が無ければ読み進めてください。


そうですか。死んだのですね。

こうして書いている私はまだかろうじて生きているので、なんだか照れくさいような、恐ろしいような、そんなような不思議な気持ちです。

まず、どれだけ不審な死に方、もしくは惨い死に方をしていたとしても、どうか気に病まないでください。その結末は私の落ち度というか、自損事故のようなものです。私を取り巻く環境や人間関係に悩んだ末に、そうなった訳ではありません。

そして、私が死んだ原因に関しては、深掘りしないでください。

それが私の最後の、唯一のお願いです。

私は幸せでした。根暗でどんくさい部分があるのに、それを責め立てられることもなく、自分の好きな趣味を仕事に出来ました（たった一作品、本を出しただけで重版もかからなかった立場でそう言うのもどうかとも思いますが）。


高校二年生のとき、私は「小説家になりたい」と漏らしたことがありましたね。それをほんの少しも茶化さず否定せずに話を聴いてくれたこと、本当に嬉しかったです。きっと他の子と比べたら全然きちんと出来ていなかったし、同世代が就職して、結婚する人も出てきて、子どもまで生まれるところもある中で――私は結果的に定職につかずに家にこもって創作ばかりしていたのに、最後まで見守ってくれました。それがあったから、たった一作品とはいえ、世に出版することができたのだと思います。

それで、その分で、私はきっと、一生の幸せを先に得られたのです。他でもない皆のおかげです。皆さんのおかげで私は曲がりなりにも、一瞬だけでも、小説家を名乗ることができたのです。本当にありがとうございました。

お礼なんて、どれだけ言っても言い足りませんね。

お母さん、健康に気をつけて長生きしてね。あんまりお酒ばかり飲んじゃ駄目だよ。

お父さん、ごめん。色々と迷惑かけちゃったよね。心配してくれて嬉しかったよ。

智《さとし》、お父さんとお母さんのこと、よろしく。智はしっかりしてるし大丈夫かな。


家族にも親戚にも友達にも、本当に良くしてもらいました。

今までありがとう。皆さんのおかげで、私は充分すぎるくらいに幸せでした。何の不満も未練も後悔もありません。ちょっと早く逝くのは、ごめんなさい。許してください。

それでは、さようなら。


【筆者メモ】

嘘だった。

肉親を「顔の怪異」から遠ざけるための、ただの嘘。

本当は死にたくなんてなかった。不満も未練も後悔もいくらでもあった。もっと生きていたかった。誰かに助けてほしかった。Kを死なせたくなんてなかった。

異常行動の強制から一時的に解放された私は、汚物にまみれながら嗄《か》れ果てた声で泣き叫ぼうとする。声も涙もでない。うーうー、か細く唸るだけ。強制される時間が少しずつ長くなっている。乗り切るコツを掴もうとも慣れるものではない。消耗しきっていた。苦痛をやり過ごすべく歯を食いしばりすぎていたからか幾つかの歯が砕けている。口の中がじゃりじゃりする。

精神の揺らぎにも、波があった。

こんな風になってまで、私は一日のうちの数十分程度はまともな精神状態を保っている。幸か不幸か人間は意外と頑丈だ。だから異常者としか思えない怪文書をしたためる狭間《はざま》に、こんな悪あがきのような駄文を残して、さめざめ泣いたりもする。

いっそのこと、早く正気なんて失ってしまえばいいのに。

そう思うのと同じくらい、正気を手放すことが恐ろしかった。

◆　収集した情報［迷惑行為者のその後？］

・ポッドキャスター Kuuwei のフリートーク2022年8月分

いやコレなんのオチもない話なんすけどね？

「世田谷のおじさん」っていう知り合いがいるんすよ。親戚とか友人とかじゃないけど、何故か僕の親父が面倒を見てるってよく分かんない関係の人で。

そのおじさん、五年くらい前に酷いノイローゼになって。不審者として近所でもそこそこ有名になっちゃうわ、最終的には大きいトラックの前に飛び出しちゃったりなんかして。ええ、もちろん死にかけたし、ずっと意識不明の重体だったの。

それでまあ、ほんと最近、奇跡的に目を覚ましたんだけど。

おじさん、目覚めた第一声で、「世界を救ったのにこれかよ」って言ったの。

僕も親父も困惑ですよ。はあ？　つってね。

おじさんはなんか意識不明の間、ずっと長い夢——しかもファンタジー世界を冒険する夢を見てたらしくて。夢の中ではおじさんは周りから認められてないけど実は有能な勇者で、顔しかない神様みたいなやつに命じられて、仲間を増やしてラスボスを倒すために旅をしてたんだって。なにそれ、そんなの異世界転生モノじゃんね。

それで皆で力を合わせてやっとラスボスを倒した！　ってなって目を覚ましたら――こうだったから、すごいがっかりしたみたいな。確かに落差が激しすぎるよね。

やっと起きてみたら、事故の後遺症で半身不随の身体なんだもん。


でもおじさんは、そんなに絶望してないというか、むしろほっとしたような雰囲気なの。訳を聞いたら、世界を救う冒険も洒落《しゃれ》にならないくらいしんどかったみたいだし、嫌だった神様の顔を見なくて済むようになったし、何故か昏睡《こんすい》から回復したらノイローゼも落ち着いたし、それはそれでまあ、諦めがついたんだって。

いやあ、異世界転生の世界も楽じゃないんだね（笑）

【筆者メモ】

やっぱり全部、物語なんじゃないか？

◆ 禁忌題目の簡易プロット　Ver.4.0（筆者作成？）

『日常生活に溶け込む「顔」の怪異（仮）』

［ジャンル］現代オカルトホラー

［テーマ］安定していると思われている日常の脆弱さ

［一行ログライン］

「強迫観念を植え付ける」顔の怪異により、みんながおかしくなっていく

［起］

みんながおかしくなっていく

［承］

みんながおかしくなっていく

［転］

みんながおかしくなっていく

［結］

みんながおかしくなっていく

※改善検討事項

・みんながおかしくなっていく

・みんながおかしくなっていく

・みんながおかしくなっていく

おまえのせいだ

【筆者メモ】

二〇二三年三月十七日、保存データ。自分には、書いた覚えがない。

私は、もう、■■■■になったんだ。

◆追記　顔の怪異に関する考察（筆者作成）

終わりはもう目前へと近づいている。

そこまで打ち込み終えたところで、私はCtrlキーとSキーを押していた。

――――。

――――。

――。


私のすぐ傍でにたりにたりと笑っていた巨大な顔が、ふいに消える。

酷く緩慢な動きで、私は身体に付着した血反吐と汚物を拭う。筋張った枯れ木のようになった両手は共に歪な形で固まって、わずかに動かすだけでも激痛を伴う。薄暗い部屋の中で小さく唸り、死にかけの蛆虫《うじむし》のように蠢く青紫色の肌。それが私だ。

この姿を誰かに見られたら、私こそが怪異だと思われるに違いない。

酷い見た目に反して、もうそれほど苦しみを感じない。

あまりに長期的に苦しみが続いたせいで前頭葉が萎縮《いしゅく》してしまったのか、もしくは苦しみを少しでも緩和させようと脳内麻薬を蛇口いっぱい延々と出して自壊しかけているのか。

いずれにせよ、まもなく私は死ぬ。

今になって、なんとなく思うことがあった。最初から仕組まれていたんじゃないか、と。私が顔の怪異を見つけ出したのではなくて、顔の怪異が私を見つけ出して、選んだのだ。

最初は意味がわからなかった。どうして私はこんな異常行動を強制されているのか。だけどきっと、こういうことなのだろう。私が知った・経験したことを文章化することが、きっと顔の怪異にとって「面白い物語」に繋がるのだ。それが誰かに話すよりも、誰かにメールするよりも、もっと効率的に「面白い」ことになる。

これは物語だから、私はそういう役割を担わされた。

現実が酷く遠い。積み重ねてきた価値観が脆《もろ》く崩れていく。私が二十余年過ごしたところは、きっと箱庭だ。顔の怪異が「面白い」ことを演じさせるための、それだけのための箱庭。私たちが一喜一憂して歩む人生は自分たちが思っているより遥かに無価値で、顔の怪異のふとした思いつきで好き勝手に蹂躙《じゅうりん》されてしまう。

気づかなければ、押し付けられた運命を演じられただろう。気づいてしまった時点で、物語としては破綻していく。いや、むしろ――破綻そのものを楽しむ、歪んだ悲劇なのか。

私は、ついに頭がおかしくなったんだ。なにせ、本気でそうなのだと思っている。確信があった。世界の秘密に到達した、と。すかすかになった脳がぐるんぐるんと回転する。

そう、成り立たせるには丁度良い歯車。

誂《あつら》えたかのようにぴったりだった構成要素。

一体誰なのか、こんな物語を見たがったのは。あなたなのだろう? 違うわけがない。言い逃れなんてできない。だってこうも楽しそうに笑っているんだから。人が地獄でのたうち回る姿を眺めるのは、さぞかし面白いことに違いない。

つまるところ、私は、物語の奴隷だ。

［顔の怪異に取り憑かれた場合の対処法］
やり方はある。三通り。

一つ目、自殺する。

異常行動の強制から逃れる事ができて、その人間の尊厳は守られる。

二つ目、精神崩壊を起こす。

異常行動の強制による苦痛が緩和され、生きることだけは出来る。

三つ目、解放されるまで従い続ける。

異常行動の強制には、もしかして終わりがあるかもしれない。

※注意　これは、あくまでも仮説である。

取り憑かれた際に引き起こされる異常行動は、抗えない強制力があるという点においては共通するが、どのような異常行動を課せられるのかは全く一貫性がない。怪異と称しておいてなんだが、それはあまりに怪異らしからぬ在り方だろう。

「顔の怪異」とは、一体何なのか。

私は、この世界の人間を使って多種多様な物語を紡ごうとする、ある種の創造主のような存在ではないかと考え始めている。もっというと——この世界で起こっている／起こってきた物語性のある出来事はすべて、その「創造主」が起こす異常行動の強制で生まれたものだ、と。

馬鹿げていると思われるだろうか。

ありえない空想に逃げ込んだと笑われるだろうか。

しかしそう仮定すると、一連の怪奇現象を説明することが可能になる。

極限状態に陥った際に、突き動かされるように普段だったら考えられない行動をする者がいる。一意専心して難事にあたっていた時に、常人の限界を遥かに超えた奇跡的な結果を出してしまう者がいる。それらの逆も然《しか》りで、普段だったら出来て当然のことが、呪われたかのように出来なくなることだってある。

そういうもの全てが、顔の怪異の仕業だとしたら。

有り得るだろう。なにせ顔の怪異は基本的には視えないし、視てはいけないものだ。私たちのように不幸にもその顔を認識してしまった者を除いて、基本的に自覚することがない。気づかない。だからそれこそ、自分の手で運命を切り拓いたのだと錯覚する。

全ては、用意された物語だというのに。


勿論《もちろん》、それにしては物語の出来の差があまりに激しい、なんてもっともな意見もあるだろう。しかし、そもそも創造主が単体でなければならない理由がない。創造主は数多いて、その趣味嗜好《しこう》は千差万別、力量だってそうだろう。各々が紡ぎたい物語を、無限に紡いでいる。

我々という駒を使って、神々のようにこの世界を好き勝手に掻き回している。その力量によっては、駒の方が耐えきれずに壊れてしまうこともある。中には上手く登場人物に「山あり谷あり」を経させた末に、最終的に誰もが納得する幸せな結末を用意するものもいるはずだ。きっとその創造主はかなりの手練《てだれ》になるのだろうが。

シミュレーション仮説と、創造主の運命操作。

それが、我々が人生だと信じ込むものの本質。

実際の所、人々に自由意志などないのではないか。あるように感じたとしても、そう錯覚させられているだけ。乾いていて、無機質で、忌避感に溢れる、そんな想像を禁じえない。

しかし、それは逆説的に考えれば。

創造主の用意した物語を、最後まで進めることが出来れば。

結末がいかなるものかは別として、異常行動の強制からは解放されるんじゃないか。可能性がある。前の二項よりかは、ほんのわずかながらも希望は持てるだろう。

これを読んだ者の異常行動が、致死性の高いものではないことを祈ろう。


そこまで書き記した時、私は自らに課せられた異常行動の目的に勘付いて、静かに絶望した。

おそらく私の物語は、こういうシロモノだ。だって、私だったら必ずそうする。私が物語を紡ぐ立場なら、きっとそういうオチへと持っていく。

ポストアポカリプスの前日譚。

世界を破滅に陥れる要因を産み落とした者の話。

「顔の怪異」を大勢に感染させた、諸悪の根源たるエピソード。

Kも、編集の佐藤さんも、あのたった一度会っただけの霊感詐欺少女だって、私と接したことで「顔の怪異」に苛まれるようになった。私が媒介者だったのだ。トリガーは単純明快。おまじないをしたかしていないかなんて関係ない。ただ興味を持って、知ってもらうだけ。

この時点で、気づいておくべきだった。きっと、私の物語の終わり方は――。

読んだ者に「顔の怪異」を伝染させる、呪物を書き上げること。


私は、迷った。

世界のために、自ら命を絶つか。

世界を破滅に導く悪魔になるか。

私は、私は、私は。


ずるい。だってこんなの、死ぬしかないじゃないか。

どうしてこんなことになってしまったのか。

私を視ている巨大な顔が憎くて憎くて仕方がなかった。良心というものはないのかと問いただしてやりたい。どれだけ想いを込めて念じようとも叫ぼうとも、それは届かなかった。


押し付けられた運命という名の枷《かせ》に、無理やり動かされる。世に溢れる悲劇の物語の主人公たちも、こんな最低な気持ちを心の内に秘めていたのだろうか。私が自ら作り上げた小説の登場人物も、こんな風に苦しんでいたのだろうか。何度詫《わ》びようと許されないだろう。

そう。私も同罪なのだ。「顔の怪異」にとやかく言える立場ではない。

己が紡いだ楽しい地獄を、作品の形にしてこの世に送り出した。

それは顔の怪異と何が違う？　否、全く同じだ。私だって作品内の登場人物に多種多様な苦難を与えて、皆に面白がってもらおうとしたじゃないか。その末に完全無欠のハッピーエンドを迎えるならまだしも、私がしたのは失ったものを取り返すことが出来ないビターエンド。

私が創造主を恨むように、私も自作品内の人物から恨まれているはずだ。

知らなかった。だけど、それが言い訳として認められるだろうか。

逆の立場で言われたとしたら、納得なんて出来やしない。


死のう。可及的速やかに。時間的な猶予はない。

次の異常行動の強制が起これば、私はもうこの文章を完成させてしまう。

言葉通り、終わりはもう目前なのだ。やり遂げてしまう前に、世界を破滅に導く呪物を作り上げる前に、悪魔に成り果ててしまう前に、私は私を消さなくてはいけない。


それくらいは、自らの意思で選ぶのだ。

立ち上がった刹那《せつな》、携帯端末が短く鳴った。

◆友人作家からのメール

---- Original Message ----
From：“K” <Kathmandu.-t-r@[redacted].jp>
To：“Rinto-H” <Rintoh0401@[redacted].co.jp>
Date：2023/3/31 金 11:01
Subject：八方ちゃんへ

おっすー、元気してるか？　俺だよ。[redacted]だよ。

びっくりしただろ。わはは。

え？　そんなことないって？

いいや、嘘だね。お前のことだから、度肝を抜かれてるだろ。目をまんまるくしてアホ面かましてな。はは、隠そうたって俺には手に取るように分かるぞ。

ただまあ、不思議なパワーで生き返ったとか、実は死んだフリをして逃げ延びてたとか、そういう美味しい展開って訳じゃないんだけどな。

これは俺のパソコンが四十九日間操作されなかった場合、自動送信するように設定しておいた文章だ。いやさ、ちょっと調べてみたらこういう遺書のアプリとかSNSサービスってすごい充実してんの。ウケるよな。デジタル終活時代の到来ってワケ。


一応確認。俺、死んでるよな？

うわ。なんかこういうの書くの、照れるしゾワゾワするかも。


でもまあ、普通に考えて死んでるか。俺が四十九日間もパソコン触んないなんてシチュエーション、考えられねえし。いやそりゃ四十九日なんてさすがに長すぎかなって迷ったけどさ、七日とかじゃ何かで入院してただけですぐ過ぎる気もするし、塩梅が難しいんだよなあ。

それに、いろいろ理由があってな。

俺が、確実に死んだ後に送りたかったんだ。

四十九日なら最後の法要があるだろ？　どうだ、面白いことになってないか？　カラッと焼き上がって骨になって壺に入れられた俺に、坊さんが最後のお経を上げてるタイミングとかでこのメールが送られてきたりしてないか？　それでお前は思わず吹き出して、周りの親族から「なんだコイツ」って目で睨《にら》まれたりしてないか？

そんなひとウケがありゃ俺も本望だし成仏できるってもんだ。

許されるんならこんなような駄文をいくらでも書き連ねたいとこだが、早めに本題にいっておこうか。俺ももう、だいぶ酔っ払ってる。いつか翌日の仕事のことなんか微塵も気兼ねせず好き放題に酒に溺れたいと思ってたが、実際にこう溺れてみると大事なもんを喪失していく感がすげえな。原稿もろくに手につかん。山田風太郎《やまだふうたろう》先生や中島《なかじま》らも先生は一体どうやって執筆してたんだ？　ああ、ほら。こうやってまた脱線しちまう。本題だ本題。

それで、お前は元気なのかよ。

無事か？　まだ「顔の怪異」に悩まされてるか？
もしも自分で解決出来たってんなら、後の文は全部読み流していい。
ただ、今もなお「顔の怪異」に悩まされてるってなら、きちんと読んどけ。お前のことだからどれだけ追い詰められても、なんだかんだまだ生き延びてるだろうよ。賭けてもいいね。俺と違って忍耐強いし。絶対ぎゃあぎゃあ文句垂れたりひんひん泣き言並べたりしつつも、どうにかこうにか生きてるはずだ。当たりだろ？

「顔の怪異」について聞いて、調べ始めたあたりだったかな。実は、そのころから既に俺は「顔」の幻覚が見えはじめてたんだ。それからほどなくして、飲酒の異常行動を強制されるようにもなった。教えろよって？　いやいや、そう簡単な話じゃなかったんだ。伝えようにも無理だったんだっての。

お前ももう異常行動の強制は体験したか？

もしそうなら分かってもらえるかもしれないがな。「顔の怪異」には、その思惑に不利になる行動は止められちまうんだよ。だから、本当に伝えられなかった。

つまり俺には、「顔の怪異」に止められないくらい迂遠《うえん》に、回りくどいやり方でお前に気付かせていくしかなかったんだ。この「顔の怪異」の対処法をな。

賢い俺は、考えに考え抜いた。そして良いアイデアが閃《ひらめ》いた。

奴らは、それぞれの思惑があって動いている。

思ってた以上に人間的なんだ。親近感さえ湧くね。

俺たちと同類の「創作者」とでも言えばいいのかな。奴らはテーマに沿って物語を構築して、それを俺たちに演じさせるんだ。奴らが監督兼脚本なら、俺たちは俳優陣ってわけだな。まあ、主演からの文句さえ受け付けないあたり、オールドタイプの映像作家サマなのかね。

そんで最初に疑問に思ったのは、「顔の怪異」はどの程度まで観測出来ているのか、だ。

だってそうだろ？　奴らは俺たちに強制することで物語を進めている。しかし中には、用意された物語に耐えられずに自殺しちまった人間も少なくない。それって、おかしいだろ。出演者の自殺によって物語が終わるなんて、最悪の事態すぎるよな。

いや、もちろん物語的観点で行けば、主要人物の自殺によって物語を終える作品だってあるさ。ただそれは、自殺することによって何かが解決する場合のみだ。無意味で脈絡のない自殺でオチるってのは、そもそも物語としてありえねーだろ。

絹澤匠の最期は、物語としてアリか？

それじゃ他の被害者と思しき奴らは？　藤石宏明は？　普通に考えりゃ有り得ない。

だからこそ、お前だって興味を持ったんだろうさ。

「顔の怪異」にとって、異常行動の強制に耐えきれずに自殺されるっていうのは、不本意なことのはずだ。物語を尻切《しりき》れトンボにする最悪の結末なんだからな。だけどそれを阻止しない。奴らは俺たちに「あれしろ」「これするな」なんて強制してくるわりに、一番やられたら困る自殺って手段を封じない――俺はそれを、封じることが出来ないんだと踏んだ。

「顔の怪異」は、全知全能の存在なんかじゃない。

ちょっとばかし俺たちを操作できるだけのモドキさ。こんな文章を用意してても、今すぐ送ることは禁止すれど、予約送信は禁止しないくらい穴だらけの大間抜けだ。実際俺たちが心の中で考えていることだって、きっと奴らには知りようがないんだ。

そんなの信じられないって？　じゃあ逆の立場になって考えてみろ。自分の作り上げた作品のキャラについて、この時どう思ってそんな行動をしたのか——なんて担当編集に説明を求められた。これこれああいう理由で、なんて道理の通ったそれらしい説明をするだろ。そしたら編集は納得する。それじゃあこの箇所は直さないで結構ですので進めていきましょうか、ってな。そうして物語が進められる。

だけどこの時の説明って、あくまで作者で絶対権力者たる俺たち側が決めた都合の押し付けでしかないだろ？　そりゃそうだ。作者と登場人物が対等にコミュニケーションを取る方法なんてない以上、何もかも俺たちが決めた行動の強制になっちまう。

そうかと思えば、創作論には度々「勝手にキャラクターが動く」なんて言葉が出てくる。俺にもお前にも経験があったな。物語的にはこう着地させようと考えていたのに、書いている内にキャラが別の方向に突き進んで全く別の着地を見せることが確かにある。

それが予定より面白くなっちまったもんだから採用せざるを得なくなることもな。

俺はあくまで創作論上の話で、それくらいキャラの密度を上げろって意味だと思ってたけど、こういう状況になると話が変わってくる。

俺たちには観測しようがないが、キャラクターには自由意志があるんだ。俺たちの用意した物語の更に上をいく行動をキャラにされたら、俺たちはその行動を禁止することが出来ない。

どんな手段を用いても、面白いものを作り出すこと。

それが作家としての、創作者としての喜びだからだ。


もう分かったか？

これが俺の考えた「顔の怪異」の対処法だ。

用意された物語より、更に面白い着地点を見つけ出す。採用せざるを得ない展開を示すんだ。どちらが本当に作家なのか、奴に思い知らせてやるんだよ。物語ってのはこういうのが面白いんだ、ってその顔にぶっ叩きつけてやろう。そういうことさ。


どうやら俺の方が進行は早いみたいだからな。お前には悪いが、先んじてやらせてもらうぜ。脳がアルコール漬けだが、まあそれくらいのハンデなら「顔の怪異」にくれてやってもいい。なんだったらアイデア出しの段階だったら、ちょっとばかし酒が入ってる方が意外と捗るってこともあんだろうよ。

そんで、このメールが読まれているってことは、俺は失敗したわけだわな。わはは。まあ言葉通り、本当に命を賭けた創作をもって挑んだ上で死ぬんなら後悔はないかな。ただ、無駄死にってのも面白くないから——こうして保険をかけさせて貰いはした。

少なくとも、俺が死ねば俺に課せられていた「顔の怪異」の強制は無効になる。
どうあがいたって死んじまった人間を操作なんて出来ないからな。
だから、このメールだって問題なくお前に届いている。だろ？
お前には、俺がどうやって挑んだのかを伝えておきたかった。
それをヒントにして、お前はお前のやり方で最高に面白い結末を作ってみろよ。

最後にお前と飲めて良かった。
そりゃま、死ぬにはちょっと早いかもだがな。
いやでもそんなこと、わりとどうでもいいか。

お前と一緒に創作の道を歩めたの、マジで楽しかったわ。ありがとな。

【筆者メモ】
私はそれからややあって、泣きながらパソコンに向かった。
異常行動の強制が始まった訳では無い。自らの意思だった。

◆　禁忌題目の簡易プロット　Ver.5.0（筆者作成）
『日常生活に溶け込む「顔」の怪異（仮）』

［ジャンル］現代オカルトホラー
［テーマ］安定していると思われている日常の脆弱さ
［一行ログライン］
日常生活に潜む「顔の怪異」を発見した弱小作家が、地獄の世界を作るまでの話

［起］
デビュー作が不発だった弱小新人作家の私は、次作構想のための情報収集中。実親を猟奇殺人した青年Tを始めとし、事件事故に共通する「誰でもない顔の幻覚」の証言が多々あると気づき、それを「顔の怪異」と定義する。そのネタを用いた次作案を厳しい担当編集に提案したところ、珍しく一発でプロット作成のGOサインを得る。

［承］
しかし担当編集は「顔の怪異」が「編集部で禁忌題目とされていた」と突如手のひらを返す。納得のいかない私は売れっ子作家の友人Kと共に「顔の怪異」と、それがどうして禁忌題目とされたのかを探る。やがて「顔の怪異」は幻覚症状が進むと「異常行動を強制する」特性があ

ると判明。私も「顔の怪異」と思しき幻覚に悩まされ始める。

〔転〕

「顔の怪異」に関連する数多の事例を集める中、「顔の怪異」に取り憑かれた友人Kが異常行動の強制により死亡。私もまた「今まで経験したこと・知ったことを文章化する」という異常行動を強制され苦しむ。私の担当編集や一度接しただけの人物にさえ「顔の怪異」が取り憑き始めたことから、私は自身が感染源なのではと疑念を抱く。

〔結〕

自身に課せられた異常行動の強制は、やがて「顔の怪異」を感染させる呪いの媒体を作り出し、それをこの世に拡散させるという結末になると確信した私。世界を優先して自殺するか、自身を優先して世界に呪いをふりまくか。私は第三の選択肢である、■■を■■へと■■■■■ことによって「顔の怪異」の導く結末を変えようとする。

【筆者メモ】

二〇二三年四月一日の夜明け、私はプロットを立て終えた。

無論、連絡の途絶えた担当編集に送るつもりではない。

これは、極めて個人的で、ささやかな宣戦布告状だ。

勝算があるかって?
そんなものはない。
てんで見当違いのことをしているかもしれない。ただの無意味な偶然の連なりに、法則性を見出した気になっているだけなのかもしれない。独りよがりに明後日《あさって》の方向を睨みつけ、間抜けなことをしているだけだと嘲笑《あざわら》われるかもしれない。

ただ、私にだって矜持はある。私は何者になろうとして藻掻いてきて、私は何者であろうとして足掻《あが》いてきたのか。物語に踊らされるだけのちっぽけな存在だとしても、その死に様くらいは自分で決めるのだ。文句なんか言わせるものか。

私は、全身全霊で考え続けている。
きっとこれが、私の生涯最後の創作活動だ。

ただ、そもそもの前提条件からしてあまりに難しい。なにせKですら成し得なかったことを、私が成さなければならないのだから。そして彼の挑戦がどれほどまで形となっていたのか、それが通用したのかそうでなかったのかさえ不明である。

それでも、あのKのことだ。
たとえ未完成だったとしても関係ない。
万人の目を惹く文章力に、流麗なストーリーテリング、読んだ者の心を狙いすまして必ず打ち抜いてみせる、そんなエンタメ性溢れる物語を最前線で紡いできた天才作家たるKが、だ。
私が焦がれるような憧憬と嫉妬《しっと》を抱き、どうにかその背中に手を伸ばし続け、人生全てを賭けたにもかかわらず、最後まで隣に並ぶことが出来なかったあのKが、だ。

彼に出来なかったことに、私が挑む。

その意味を考えると腹の底から震えが湧き上がってくる。
負けたくないと思う。同時に、勝てるわけがないと思う。

だけど私が、やらなければならない。

あいつを納得させる物語を紡ぐ。今度こそ、衝撃的で、リアリティがあって、興味を惹かれる、本当に凄まじい作品を生み出してやるのだ。手段なんて選ばない。たとえどんなに歪で悪辣で品性を疑われるものだって、必要ならば躊躇せず為そう。

業火の中へと我が身を焚《く》べてやる。

この地獄が用意された物語であるならば。

それすらを燃やし尽くす苛烈な地獄を作り上げる。

そうでもしないと、およそ似合わない死を迎えたKの弔いにならない。


ただ、Kと同じことをしても、私は絶対敵わない。当然だ。

Kは天才。万人を魅了する王道を魅せ続けた強者。人の気持ちを動かすプロフェッショナル。


ならば、どうする。


私には幾つかの奇策があった。

弱者には弱者なりの戦い方というものがある。

同じやり方では敵わないのなら、彼なら決して選ばないアイデアで挑めば良い。


それにしても、いつまでも仮題のままでは格好がつかない。

私はこの物語にどのようなタイトルを付けるべきだろう。端的に「ホラー小説のプロット案」では、ちょっと弱い気がする。もうすこしパンチがあって、目を引くものはないか。

そうだ。

私が「顔の怪異」に呪物を作らされていると確信したきっかけ。
担当編集からのメール、その表題から取るのはどうか。

題「Re:Re:Re:Re: ホラー小説のプロット案」

うん。思っていたよりも、しっくりくる。

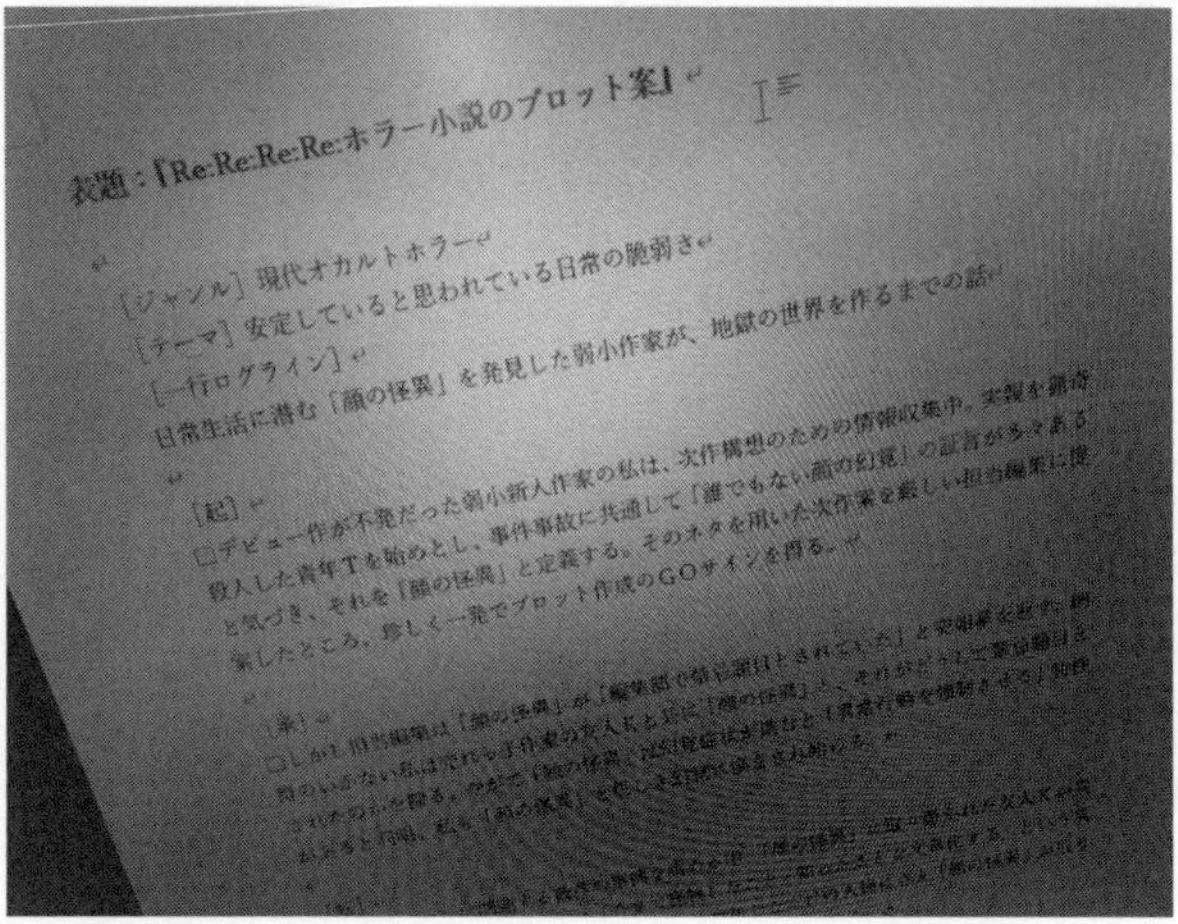
表題：『Re:Re:Re:Re:ホラー小説のプロット案』
［ジャンル］現代オカルトホラー
［テーマ］安定していると思われている日常の脆弱さ
［一行ログライン］
日常生活に潜む「顔の怪異」を発見した弱小作家が、地獄の世界を作るまでの話
［起］
□デビュー作が不発だった弱小新人作家の私は、次作構想のための情報収集中、実親を猟奇
殺人した青年Tを始めとし、事件事故に共通して「誰でもない顔の幻覚」の証言が多々ある
と気づき、それを「顔の怪異」と定義する。そのネタを用いた次作案を新しい担当編集に提
案したところ、珍しく一発でプロット作成のGOサインを得る。
［承］

◆『Re:Re:Re:Re: ホラー小説のプロット案』

私にはもう、現実と妄想を正確に区別する自信がない。

それは今回の実験じみた挑戦において、決定的な敗因となりかねない。

「顔の怪異」は人間の肉体を強制操作する力こそあろうとも、その精神を支配することはできない。だから精神が崩壊する者が多数いた。そこが鍵となる。

まずは、現実と妄想はきちんと区別しないといけない。

妄想をするのであればきちんと戦略的に妄想を展開しなければならない。正気を保ちながら正気を手放す矛盾を成り立たせなくてはならない。そう言葉にすると不可能な気がするが、元より創作活動中の精神状態なんてそんなものだろう。

私はささやかな保険として、私自身を撮影することにした。

携帯端末の画面をテレビモニターと共有させていく。しょせん気休め程度にしかならないが、これで常に自身を観測しよう。妄想に捕らわれて無駄な行動をしていないか逐一チェックするのだ。やがてモニターに、「顔の怪異」側から見ているかのような第三者視点が映る。

こぢんまりとした六畳の部屋に、やせっぽちの私の姿。

はは、と思わず笑ってしまう。

髪がぼさぼさで死ぬほど顔色が悪い。ろくに生気を感じられない。すでに棺桶《かんおけ》に片足を突っ込んでいると言われたら誰もが納得するだろう。まさに呪いのビデオの登場人物でございます、といわんばかりの風貌ではないか。あまりの酷さにむしろ少し気が楽になった。

いずれにせよ、チャンスは今回限りと思ったほうが良い。

残された体力的にも、精神的にも、物語的にも。


時を待った。日が暮れる。

ほどなくして、耳鳴りが近づいてくる。

緊張で全身が震える。呼吸が浅くなる。腹の底から冷え切っていく。今すぐ逃げ出したい。

首を吊《つ》るなり飛び降りるなり大動脈を切るなりしてしまいたい。さっさと楽になってしまいたい気持ちを、Ｋのことを思い出して耐え続ける。

物語と戦うためには、何かしらの特別な理由が必要だった。

ならば、こうしよう。

これは、弔い合戦だ。


天井いっぱいに薄っすらと浮かび始めた大きな顔。

裂けるような笑み。弓なりに歪む目蓋。ぎらつく瞳。

私の朽ちかけた両手が、何かを予感してむず痒《がゆ》くなっていく。

前回の強制が起きたのは三日前。紡がされてきた呪物はもう完成間近。あとはその結末を打ち込むだけで、世に発表できる形になる。モキュメンタリー・ホラー作品として、何かしらの

◆ 『Re:Re:Re:Re: ホラー小説のプロット案』

形でこの世に発表されることになる。私の手で感染源と感染経路を確立した「顔の怪異」は今まで以上に効果的かつ効率的に拡散し、数多の人々を苦しめることになる。

それこそが、私に用意された『物語』。

瞬く間に解像度が上がっていく化け物は、それはそれは楽しそうに湿った息を断続的に漏らしている。尖った歯と歯の間に、細く涎の糸が引くのさえ視認できる。

私は震える声を押し殺して、こう吐き捨てる。

さっさと来いよ。私が相手だ。

耳鳴りは強まっていく。

天井に生えた顔に、塩を投げつけようとも、包丁を突きつけようとも、火炙りを試みようとも、ひるむ様子はない。モニターに映る私は、何もない天井に向かって攻撃を繰り返す異常者そのものだった。やはりこれはあくまで実体の伴わない幻覚なのだ。

物理的にはどうしようもない。それもそうだ。

物語の登場人物が、作者や読者を殺すことが出来ないのと同じようなもの。

307

耳鳴りは強まっていく。

ならば、呪いの言葉はどうだろう。

「ねえ」

「あなた、さ」

「ちょっと、あなただってば」

気づいていないとは言わせない。

私のことを、これまで眺めてきただろう。

「私はあなたに話しかけてるんだって」

「視てるじゃん、私をさ」「なら私が言ってる事だって分かってるんでしょ」「知らんぷりしたって無駄。そう、あなたに喋ってる」「私を、私たちを、この世界を、上位世界の安全圏から視ているつもりでしょ。面白い？　それともくだらない？」

「でもさ、そこって、本当に安全なとこなのかな？」

「何が言いたいかっていうと」

「あなたも私と大差ないんじゃないのってこと」

「私だって物語を創作してる時は、こんな風になってるなんて思いもしなかった。こうしてあなたの創作する物語に強制される立場となって気付かされた」

「だったら、あなただってそうならない理由はない。自分だけは大丈夫？　自分たちが入れ子構造の一番外側だと妄信するのは何故？　確証なんて何一つ無いじゃないか。あなたの世界にだって上位世界があって、私と同じくある日ある時突然気付かされるんだ。自分は物語の奴隷だったと。——それとももう、既に始まってるかも」

「あなたの周りをよく視てよ」

「きちんと確認した方がいいんじゃないの」

「独りでいるはずが、何か気配を感じない？」

「見知らぬ顔が、物陰や暗闇から覗いていない？」

巨大な顔は、動じる様子はない。

不発だ。


耳鳴りは強まっていく。


モニターの中の、虚空に向かって喋る私。

それを視ていて、疑念を抱き始める。

一つの、ある可能性について。

いや、いや、まさか私は、本当におかしい？

いや、何度もそう思ったことがあり、その可能性について言及してきた。ただ、そういうことではなくて。この携帯端末のカメラが写す姿こそが、私の本質なんじゃないか。私が知った・経験したことは全て、嘘や偽物なのではないか。

　というよりも。私の、妄想？

　私が売れない新人作家であることも、次作の打ち合わせを担当編集と重ねてきたことも、「顔の怪異」を見出してしまったことも、そしてなにより私とKとの関係性ですら、何もかもが私のこじらせた脳内で繰り広げられたものなのではないか。

　ひたすらに、虚空に向かって喋る私。筋は通らなくはない。悲しいことに。

　もう夜中のはずだが、奇妙に明るい。嗅いだ覚えがある、つんとした香り。

　誰かが、私の名を、呼んでいないか？

　周囲の空気が生温く濁っている。あれだけ恐ろしかった顔の怪異が、いまや無機質なハリボテにしか見えない。何かがおかしい。目に映る全ての質感がチープになっていく。息苦しい。世界がゆらゆらと歪む。バランスを保っていられずに突き出した手。感触。不可視の薄膜の存在に気づく。指先を引っ掛けたら、思いの外簡単に穴が開く。気圧の急変化。爪先《つまさき》程度の穴にこぞって集まり、そこを起点に膜がべろんと裂けた。私を取り巻く現実という液体はあっけなく、私を含む全てが流しだされていく。放り出される。眩《まぶ》しい。明るすぎる。それでもどうにか目蓋をこじ開けると、私は白く無機質なベッドの上にいた。身体が重い。看護師が私を見て、病室の外へとすっ飛んでいく。記憶よりも随分と老け込んだ両親が、驚愕の表情で――。

　目蓋を、開く。

そこは、変わりなく薄暗い自室だった。

天井には今なお、巨大で生々しい顔がいる。

私は思わず舌打ちし、その音の遠さにたじろいだ。


耳鳴りは強まっていく。


どうして。どうして。どうして。

どうしてこんなことになってしまったのだろう。

なんで私にこんなことをさせる？　何故私なのだ？　呪いを拡散させるものを作らせたいのなら、もっと効率的に行える立場の人間なんてごまんといるだろう。私なんかよりも名の知れた売れっ子で、万人受けする話を書ける、そんな人気者の大作家の方がいいに決まっている。例えばそれこそKのような。なのに、どうして私が選ばれたのか。

私でなければいけない理由。その必然性。

もしや。

「そうか」

あえて私なんかに取り憑いたのは。

それは私に、分不相応で類まれな〝執着〟があったから。

今度こそ、凄まじい作品を作り出す——。

「なんだ。あなたは、私の執着に同乗したわけだ」

わかった。ならばこうしよう。

私は今この瞬間をもって、その執着と決別をする。

意外に思われるかも知れないが、至極当然の選択だ。「顔の怪異」にとってはただの創作のための世界だとしても、私にとってこの世界は現実なのだ。実際問題、世界と秤《はかり》にかけて勝るものなどない。セカイ系のボーイミーツガール作品じゃないのだから。

創作活動と縁を切ることで、世界を救えるのならば安いもの。

パソコンを窓から放り投げようとして——手が止まった。

強制されたのか、そうでないのかは分からない。

どちらにせよ、これも駄目だということだ。


耳鳴りは強まっていく。


無理だ。やはり私では無理だったのだ。

迫りくる巨大な顔に、こらえきれず絶叫した。

常軌を逸した表情で頭を抱えて固まる。突然背後から投げかけられる「カット!」その声で撮影は終了となった。クランクアップを迎えた私はスタッフたちから花束を渡されて——。

いや、これも駄目だ。さっきの妄想オチと大差がない。

耳鳴りは強まっていく。

そうだ。

これが物語ならば、作者の他にも何かしらの形で制作に関わる者がいるはずだ。私が作品を世に出したときだって、少なくとも担当編集がいた。そうでなくとも書いている途中のものを誰かに読ませている可能性もある。

「あのっ、私のことを視ている方、いますよね？」

「どうか、こんな酷い物語やめさせてください」

「お願いです。私を助けてくれませんか」

「助けて。助けて。死にたくないよ」

「苦しいんです、辛いんです」

「見捨てないでください」

「助けて、お願い」

「私は、」

耳鳴りは強まっていく。

はたと、手が止まってしまう。頭が真っ白になった。
なにか、なにか試さないと。もっと良い結末を紡がないと。

耳鳴りは強まっていく。

ぐしゅ、と嗚咽が漏れてしまう。泣いている場合じゃないのに。
やめろ、やめろ、やめろ。絶望するな。出来ないのなら潔く死ぬべきだ。

耳鳴りは強まっていく。

どれだけ自分に言い聞かせても、動かない。動かしようがない。だってもう、思いつかないのだから。あいつが嘲笑う声がうるさいせいだ。たまらない。限りなく予知に近い濃厚な予感によって、頭頂部から足の先までまんべんなく肌が粟立《あわだ》つ。

私は。私は。私は。

耳鳴りは強まっていく。

ああ、くそ。

耳鳴りは強まっていく。

ごめんなさい。

耳鳴りは強まっていく。

ごめんなさい。ごめんなさい。ごめんなさい。

耳鳴りは強まっていく。耳鳴りは強まっていく。耳鳴りは強まっていく。

弾かれたように、私は傍らに放ったままにしていた包丁を摑む。

両手でその柄を深く握り込んで、切っ先を喉元に向ける。激しく震える。面白いくらいに照準が定まらない。上手くいくためには一息で突き刺すべきなのは重々承知している。しかし息がろくに整わないのだ。そうしている内に激しい震えから、刃先で喉を突いてしまう。あっ、と思う。ぞっとする痛み。脊髄《せきずい》反射で包丁を投げ捨て、泣きじゃくりながら喉元を両手で押さえる。死ぬ。死ぬ。死んでしまう。全身が一気に冷たくなる。

しかしいつまでたっても死なない。確認する。

血は出ておらず、薄皮さえ剝《む》けていない。

あれだけ決死の想いでやったのに。

わずかに刃先が触れただけらしい。

モニターに映る、ゔゔー、ゔゔー、ゔゔー、死にかけの獣のような声を漏らす私。さっさと死んでしまいたいのに。出来なかった。もう無理だった。死ぬことそのものよりも、もう一度今の行為を繰り返すことが死ぬほど怖くて出来やしない。


耳鳴りは、最高潮に達した。

K、助けて——ああ、くる。くる。くる。
大きな顔が高らかに嘲笑っている。万策尽きて心が折れるまで、ご丁寧に待っていてくれたらしい。私はノートパソコンの前に座り込む。両手は導かれるままにキーボードで文字を打ち込み始めた。読むと呪われる作品が、完成していく。


最悪だ。

物語が、こんな終わり方を迎えるなんて。

◆ 結末

思考を痺れさせる耳鳴り。

天井から見下ろしてくる視線。

終わりなく響いてくる不気味な笑い声。

朦朧《もうろう》とした意識の中で、私はひたすらに私自身を呪っていた。無力で、無能で、無責任。ここまで追い詰められても舌を嚙みちぎることさえできない。Kのために一矢を報いることさえできない。ただ自らの手で紡がれていく結末を眺めている。

だから私は、私を呪うことにした。

自らが重ねた罪を、自らの手で罰すべく、自らに憎悪を向ける。

そうすることで、ほんの少しでも死期を早めるように。全身全霊で呪う。考えられる中で一番恐ろしい目に遭わせてやる。全ての希望は絶望への前振りで、その手で守りたかった大切なものは何もかも指の間をすり抜ける――そんな呪いの物語を。


例えば？

例えば――、ああ、こういうのはどうか。

私がこれまで知った・経験したことを、私に再び味わわせる。

どこか矛盾しているように感じるって？

何を言っているのやら。本来、物語に制限なんてない。創作者の好きなように出来る。あなただって散々見てきただろう。なんでもありで、無限の可能性がある。

だから、矛盾なんて気にしなくて良い。

ただ、それでも気になると言うのなら。

呪いを押し付けるのは、まだ何も知らず・経験していない、二〇二二年九月末の私にしよう。

それがいい。きっと新鮮な気持ちで恐怖して苦悩するはずだ。

全てを知って・経験した「私」が、何も知らない・経験していない「私」を呪う。ああ、きれいな円環だ。因果応報というよりも、自業自得か。私の行いが巡り巡って、私の元に辿り着く。刑罰としてもお誂え向きだ。

物語の在り方としてもこれほど簡単なものはない。だって、ゼロから構想しなくて良い。ただ、私が知った・経験したことをその通りに書き連ねるだけ。

さて、方向性はまとまった。

呪いを、繰り返そう。

それにしても。

頭の奥がひどく熱い。

粘ったものが煮えたぎっている。

死にかけの身体にここまでの熱源があったなんて。否。違う。察する。その圧力に、もう器が耐えきれない。散りゆく前の最後の煌《きら》めきというやつか？　そんなに綺麗《きれい》なものではないだろう。どちらかといえば、断末魔。身体を崩壊させながら、死への恐怖を表しているだけ。


良かった。世界に呪いを撒き散らすよりは、自らを呪い殺す方がマシだ。


ふいに、全身の筋という筋が極限まで引き攣《つ》った。

肺が潰れる。視界が廻《まわ》る。全てが真っ白になる。

地獄のような熱さに、私はついに焼き切れた。

【筆者メモ】

この時、私は正気と呼ばれるもの全てを、完全に喪失していた。

空転する思考はありもしない絵空事の奇策に泣き縋り、ひしと摑むそれがただの藁《わら》であることに気付かぬまま、妄執の毒沼へとずぶずぶ沈む真っ最中だった。

つまるところ私は、理解とは程遠いところにいたのだ。

自らが為さんとすることが、どういう類のものなのか。

明確な見落としがある。少なくとも、二つ。

まず、一つ目。

当然のことながら、私は普通の人間だ。

言うまでもなく、特殊能力など持っていない。

特別な力を持つ主人公なんて物語の中では掃いて捨てるほどに有り触れたものだが、私は主観的には現実世界で生まれ育った一般人である。だから時間跳躍なんて出来るわけがないし、時空を超えて呪いを飛ばす芸当をするだなんて不可能である。

だから、私が過去の私を呪う云々は、ただの妄想に他ならない。

そして、二つ目。

私は普通の人間なのに、人一倍創作に執着していた。

才能も、技術も、幸運も——優れた所が無いのにこの界隈に足を踏み入れて、有能な人間ならば苦もなく乗り越える壁に、凡人たる私は面白いくらいにぶつかり続けてきた。決して追いつけない天才が身近にいて、絶対無理だと分かっていてもほんの一ミクロンでも彼に近づきたくて、文字通り人生全てを費やした。

凡人にも出来る戦略をご存じだろうか。

試行回数を、可能な限り増やすことだ。

華々しさから程遠い、酷く泥臭いやり方。ある種病的な思考法。生活を犠牲にし、手当たり次第にネタを集め、血眼になって物語性を見出して、どれだけ苦痛を伴おうとも無限に等しいトライ&エラーを繰り返していく。

呼吸するかのようにそう出来るよう、無理やり我が身に染み付かせた習慣——どれだけ拙《つたな》かろうと、いついかなる時も頭の片隅で物語を作り上げるようにしていた。

勘違いまみれの妄想と、凡人故の悲しい習慣。

私は、過去の私を呪った。そのつもりだった。

しかしその時、私が実際に為したことは違う。

私は無意識に「物語」を紡いでしまったのだ。

駆け出し弱小作家である「私」が、この「顔の怪異」に苦しめられていくという、事実を元にした恐怖体験談――そんな物語を。


それはさながら、劇中劇のような形となる。

顔の怪異が私に課してくることを、そっくりそのまま私が紡ぐ物語の中の「私」へと課した。

私が受ける異常行動の強制を、寸分違《たが》わず私の紡ぐ物語下の「私」に受けさせた。

まるで怪異を作品へと落とし込むように。

呪いを、物語へと落とし込んだ。

顔の怪異が強制してくる物語に抗っていない。むしろこれ以上なく素直に従う形となる。その物語は確かに展開される――ただし私でなく、私の創作する世界の「私」によって。苦しむのは私でなくなり、私の創作する下位世界の「私」となる。

物語の中の「私」にとっては、私こそが「顔の怪異」だ。

そして、ここからが重要になる。

無意識にそうしたといえど、物語下の「私」もまたどうしようもなく私なのだ。

私と等しい性格で、私と等しい発想をし、私と等しい行動を取る。

すると、どうなるか。

「私」も私と寸分違わぬ恐怖と苦悩を経た後、最終的に無意識に紡いだ物語下の「『私』」に顔の怪異の強制を落とし込むという結末に至る。そのまた下でも同じ。この工程は延々と続く。下位世界の更に下位世界、そのまた下位へとそのまた下位へと繰り返される。

無限人数の私。
無限回数の恐怖と苦しみ。
そんな世界が、無限に展開され続ける。
無限の生贄によって、「顔の怪異」の強制は下位世界へと無限に落とし込まれる。
私が為したのは、そういうことだ。

こうして、私は「顔の怪異」から解放された。

この日この時を境に、奴は現在まで一度も私の元に現れていない。

今もなお、私を苦しめた末に物語へ落とし込まれる、というのを続けているのだろうか。物語下の私たちにとってもそうだが、「顔の怪異」だって無間地獄のようなものだと思う。物語は永続する。しかし、決して結末には辿り着けないのだから。

私はこのことを考えると、今も苦笑いを漏らしてしまう。

こんな捻《ひね》くれたオチ、そりゃKは選ぶはずもないよなあ、と。

目を覚ました私はすぐに、完成した呪物たる原稿データを削除した。

ごみ箱

◆おわりに

私に取り憑いた「顔の怪異」。

その最終目標だったであろう、『読むと「顔の怪異」に取り憑かれる呪物を完成させ、世間に発表する』こと。それは本当に寸前の寸前で阻止されることとなり、私はどうにか生き延びることが出来ました。後は余談になりますが、私は数ヶ月の療養を要したものの、特に後遺症に悩まされることもなく無事に社会復帰を果たして、現在に至っております。


これにて、私の恐怖体験談は終わりです。

想定よりも随分と時間が掛かってしまいました。

長々とお付き合い頂きましたこと、心よりお礼申し上げます。

本作『Re:Re:Re:Re: ホラー小説のプロット案』はいかがでしたでしょうか。もしも多少なりとも怖がったり、面白がったりしていただけたなら、これほど幸いなことはございません。


そして、最後に一つだけ。

ここまで読んでくださったあなたは、きっと不思議がっていることでしょう。


だって、おかしいですよね。

私が「顔の怪異」に強制されて紡がされたのは、私が知った・経験した順に記録した「顔の怪異」に関する一連の恐怖体験談です。そしてそれに興味を持った者は「顔の怪異」に取り憑かれてしまう——そんな呪いの作品でした。だから私は、その原稿データを削除しました。

普通の感覚を持つ人間なら当然そうするでしょう。誰にも読まれず、誰にも知られず、怪異は拡散されることはありません。世界の平穏は守られます。


だとすれば、どうして本作がカクヨムに投稿されたのか。

そして、どうして本作が書籍化されて世に放たれたのか。


お礼よりもまず、お詫びをしなければなりません。

私はどうしようもなく、創作に取り憑かれた人間なのです。

ろくな才能がないと分かっていてもなお、重く拗《こじ》れた巨大な感情を向ける唯一の親友を喪《うしな》ってもなお、自分自身の頭がおかしくなって死にかけるような出来事を経験してもなお——その在り方を変えることは、出来ませんでした。

凄まじい作品を生み出して、世に発表したい。

満たされぬ渇望の最中、ふと気づいたのです。

読むと本当に呪われ、怪異に取り憑かれる作品。

それが凄まじい作品でなくてなんだというのか。

だって、これは、「本物の怪異」なのですから。

衝撃的ですし、リアリティも充分、興味も惹かれるはずでしょう。

実際に幾人も犠牲者が出た危険な存在、その実録。これ以上なく凄まじいじゃないですか。

興味を持って読みさえすれば超常的な怪奇体験を出来る作品だなんて。

唯一無二の新しいジャンルになりますよね。


抗いがたい衝動でした。それでも最初は妄想の中だけで留めておこうと思ったのです。なのに、私はゴミ箱の中に、この原稿データが残っているのを見つけました。

見つけてしまいました。まだ完全に消去していなかったのです。

それはもう、迷いに迷いました。

だけど、そこで人として正しく理性的な選択を出来るのであれば、元よりここまで創作なんてものに執着せず、初めから凡人らしくありふれた生き方をしてきたでしょう。

つまり、私は我慢できませんでした。

そういうことなのです。本当に、ごめんなさい。

でも、別に、構いませんよね。
この世界だって、どうせ誰かの作った創作物みたいなものですから。
さて。
それでは、そろそろ。
誰かに視られているような、そんな感じがしませんか。
その行動は、本当に自分の意思によるものですか。
だったら、あなたの後ろにいるのは、なに？

本書は第9回カクヨムWeb小説コンテスト〈ホラー部門〉大賞として選出された作品「Re:Re:Re:Re:ホラー小説のプロット案」を加筆修正したものです。

本作はフィクションであり、実在の個人、団体とは一切関係がありません。

装幀・本文図版／二見亜矢子
カバー写真／ Azret Ayubov/Shutterstock.com
本文図版／鈴木 勉（BELL'S GRAPHICS）

八方鈴斗（はっぽう　りんと）
第24回電撃小説大賞で最終選考に残り、編集者に見出される。『仇花《あだばな》とグランドフェイク　超常事件報告書』（メディアワークス文庫）でデビュー。「Re:Re:Re:Re:ホラー小説のプロット案」で第９回カクヨムWeb小説コンテスト〈ホラー部門〉大賞を受賞。

Re:Re:Re:Re:ホラー小説《しょうせつ》のプロット案《あん》

2024年12月23日　初版発行

著者／八方鈴斗《はつぽうりんと》

発行者／山下直久

発行／株式会社KADOKAWA
〒102-8177　東京都千代田区富士見2-13-3
電話 0570-002-301（ナビダイヤル）

印刷所／旭印刷株式会社

製本所／本間製本株式会社

ISBN 978-4-04-115530-1　C0093